森岡ゆかり

だって漢詩をよんだ

新典社新書
34

目　次

はじめに

この本を『文豪だって漢詩をよんだ』と名づけました。この書名の意味をお話しておきましょう。

「文豪だって」に注目してください。この言葉に、文豪と呼ばれる人たちも漢詩と無縁ではなかったという意味をこめたのです。政治家、軍人、官僚、企業家、法律家、学校の先生、学生、書画家、僧侶、医師、奇術師など実にさまざまの職業や地位の人たちが、作ったり読んだりして、漢詩に親しんでいた時代があったからです。最近、

鷗外も漱石も、漢詩を自分で作っていた。

とお話させていただきますと、びっくりする方が少なくありません。「漢詩は中国のものとばかり思っていた」という方が、若い世代に多いのです。

確かに、中国で発明された漢字によって、漢字ばかりで組み立てられる詩歌――漢詩ができました。しかし、中国文明の周縁地域の人々は、漢詩を作ってきましたし、中国の人

たちが作った漢詩に親しんできました。日本も例外ではありません。

日本では、訓読のかたちで漢詩を習い覚え、幼い時から数多くの漢詩に接していた人々がいました。さらに、自己を表現する手段の一つとして、漢詩を活用してきた歴史が長く続きました。近代にも、漢詩でぼやき、漢詩に癒され、漢詩で恋を語った人がいたのです。漢詩を自己表現の手段としただけではありません。大切なことは、漢詩を読むことで、日本語を磨いたということです。漢詩から栄養を摂取し、語彙や表現を豊かなものにしてきました。それは近代になっても続きました。国語の時間に、漢詩を学ぶのも上記のようないきさつがあるためなのです。

この本では、読者の皆さんを〈現場〉にお連れしたいと思います。近代日本人たちが体験した、漢詩の読みの〈現場〉、漢詩創作の〈現場〉に、です。そうすることで、少し昔の日本人がどれだけ漢詩を読んでいたか、また、漢詩に親しんでいたかを、肌で感じていただけるのではないかと考えました。

幕末から大正期に生まれた七人に焦点をあて、近代日本人と漢詩の関係に関する興味深い逸話や特徴的な話題を選んでお話しすることにしました。七人は、漢詩を自分の文学を創造するのに役立てた文学者たちです。漢詩に示唆を得て作品を作ったり、作品に漢詩を取り込んだりしたのです。その上、漢詩の愛好や漢詩の効用について積極的に発言することもありました。

日本語の優れた書き手である彼らの漢詩に触れ、彼らの漢詩についての発言に耳を傾けていただいたら、漢詩を新たな視点で眺めることもできるでしょうし、近代文学がもっといとおしい存在ともなるでしょう。この本はあくまでも窓口にすぎませんが、この本をきっかけに日本人と漢詩の関係史に関心を寄せていただけたらと願っています。

書名の後半の「漢詩をよんだ」という言葉を、ひらがなで「よんだ」と記したわけはもうおわかりでしょう。これは「漢詩を作った」という意味の「詠んだ」と、「漢詩を読み解いた」という意味の「読んだ」を重ねたのです。

この本では、漢詩を話題にする時は、できるだけ翻訳でお話しするようにしました。漢詩の訓読を引用する時も、翻訳を添えるようにしました。

翻訳は特に断りを入れない場合、私が訳したものです。けれども、大意をわかりやすく伝えることに重点を置きました。訓読は、私の作品解釈と矛盾しないという条件のもと、『中国名詩選』（岩波文庫）などすでに出版されている書物から選んで引用しています。

訓読の部分は読み飛ばしてもらってもいいのですが、できれば一度は声に出して読んでみられたらいかがでしょう。少し昔の日本人の気持ちに近づけるのではないでしょうか。漢詩に興味を持たれたら、漢詩の選集などを手にとっていただければ……と思います。

引用した詩や文は、原則的には原文のまま改変していませんが、現代表記、現代かなづかいに改めました。なお、ルビを加減したり、句番号を付けたりしたところがあります。

本書を手にとってくださった皆様、ありがとうございます。どこから読んでいただいてもかまいません。気軽に読んでくださったら、この上なくうれしく思います。

Ⅰ

母の膝の上で蘇州を夢見る

―― 徳富蘇峰（文久三年生）

膝に抱いて読み聞かせる

少年時代の徳富蘇峰（一八六三―一九五七）は、闇に浮かぶあかい炎に魅力を感じたのでしょう。蘇峰少年が特に楽しみにしていたのは、夏の虫追《むしおい》と、春の初めの左義長《さぎちょう》でした（『蘇峰自伝』、中央公論社）。

虫追は虫送りとも言い、以前は全国で広く行われていた夏の祭りで、今も地方によっては伝承されています。松明《たいまつ》をともし、銅鑼《どら》をならして、害虫に見立てた人型を村の境や川まで運び、虫害の無いことを祈ります（執り行われることは土地によって異なります）。

左義長はとんどとも言います。正月に使った門松などの縁起物を集めて焼く神事です。少年の蘇峰が心を躍らせたのは、火を使う行事であったというわけです。

蘇峰は文久三年生まれで、明治初年頃に少年時代を過ごしました。八歳の時に大江村（現在の熊本市大江）に転居するまで、水俣で暮らしています。蘇峰の漢詩学習は、唐詩を学ぶことから始まりました。

蘇峰は、母の膝の上で「月落ち烏《からす》啼《な》いて霜天《しもてん》に満《み》つ」を覚えたことを、「今日も猶《な》お記憶している」と『蘇峰自伝』に記しています。

母の久子にとって蘇峰は、女の子を四人産んだ後に授かった男の子です。蘇峰を出産した時、久子は三十四歳、結婚後およそ十四年が過ぎていました。

昔のことですから、女の子ばかりを生むという理由で、離縁の話も何度かあったそうです。蘇峰は、久子の妻の地位を、ゆるぎないものにしてくれた救世主でした。待望の男の子に大きな期待をかけていたにちがいありません。

久子が教えた「月落ち烏啼いて霜天に満つ」は「楓橋夜泊《ふうきょうやはく》」詩の一節です。久子は、幼い息子を膝に乗せて「楓橋夜泊」詩を朗誦して聞かせました。

膝の上の息子は、母の声が耳元近くで響くのを聞き、息遣いまでも強く感じることができたことでしょう。漢詩は、母のぬくもりとともに、母から子へと伝えられたのです。

後に、徳富蘇峰はジャーナリストとなり、評論家ともなりました。評伝『吉田松陰』は名著とされています。ちなみに小説『不如帰《ほととぎす》』で有名な徳富蘆花《とくとみろか》は、蘇峰の弟です。

カラスは、なぜ月が落ちてから鳴くの？

久子が息子に聞かせた「楓橋夜泊」詩は、唐代の詩人張継《ちょうけい》が楓橋《ふうきょう》のそばに船を停泊した時、見聞きした情景を詠じたものです。

「楓橋夜泊」

① 月が落ち、カラスが鳴いて、霜が天にまで満ちている。

② 川辺の楓に、漁り火がまたたく。旅寝のせいで、うつらうつら。

③ 姑蘇《こそ》城外《じょうがい》の寒山寺《かんざんじ》。

④ 真夜中に響く鐘の音、私の船にも届いた。

「姑蘇城」は蘇州の街のことで、「城外」は街の外を意味します。蘇州は「水郷」と呼ばれる水の都で、蘇州の運河には望星橋《ぼうせいきょう》、呉門橋《ごもんきょう》など文雅な名前の付いた橋が数え切れないほどかかっています。「楓橋」は、寒山寺近くの運河にかかる橋の名です。寒山寺や楓橋のある一帯は、昔は見渡す限り田園風景の続くのどかな場所だったようです。

さて、「楓橋夜泊」詩を読んで、あれって思う方も多いでしょう。

張継「楓橋夜泊」

月落ち烏啼《な》いて　霜　天に満つ
江楓《こうふう》　漁火《ぎょか》　愁眠《しゅうみん》に対す
姑蘇《こそ》城外《じょうがい》の寒山寺
夜半《やはん》の鐘声《しょうせい》　客船に到る

月落烏啼霜満天
江楓漁火対愁眠
姑蘇城外寒山寺
夜半鐘声到客船

松枝茂夫編『中国名詩選』下巻（岩波文庫）

「月が落ちてカラスが泣くって、最初の句は何が言いたいんですか」

と、お尋ねになる方もいらっしゃるかもしれません。

「お寺の鐘が夜半に、つまり真夜中に鳴るのですか」

と、変に思う方もいらっしゃるでしょう。

この詩の面白味は、時間を勘違いしたところにあります。夜明けかなと思っていたら、実は真夜中だったのです。

そもそも漢詩には夜明けを告げる鳥としてニワトリのほかにカラスも詠まれているのです。シェイクスピアの悲劇『ロミオとジュリエット』第三場第五幕で、ジュリエットが恨めしく思う鳥は、ヒバリです。朝を告げて、愛し合う二人を引き裂く鳥だからです。ジュリエットは「耳ざわりで嫌な金切り声を張り上げて」と、ヒバリに悪態をつきます（松岡和子訳『ロミオとジュリエット』、ちくま文庫）。夜が明けると鳴き出す鳥たちが、恋人たちとって憎たらしい存在であることは、古今東西変わらないのでしょう。

中国古代の漢詩では、夜明けを告げる鳥たちを追い払ってしまいたいとか殺してしまいたいと歌われます。逢瀬を長引かせたいという気持ちの表れです。夜更けから鳴き出す鳥が歌われる場合もあります。鳥たちは恋人たちにいじわるをするかのように、夜更けに鳴いて別れをせきたてます。このように歌うことで恋人たちの別れの悲しみを誇張するのです（川合康三『中国のアルバ』、汲古書院・参照）。

張継も、カラスが鳴いたので、夜明けだと思いました。しかも、霜が降りて冷気が増していて、夜明けらしき雰囲気です。月の入りは日によって異なりますが、満月の場合は、夜明け頃に月が沈みます。張継は月のかたちをよく見ていなかったのかもしれません。満月が沈んだと思い込んだのでしょう。けれども、寒山寺から真夜中の鐘の音が聞えてきます。唐代、寒山寺では真夜中を告げる鐘を鳴らしていました。その音を張継は耳にして、自分が勘違いしたことに気づいたのです。

「月が落ちてカラスが鳴いてる。霜が降って寒くなってきたぞ。夜明けだな」

ゴーン。（寒山寺の鐘は「カーン」の方が音が近いかもしれませんが…。）

「あれって寒山寺の鐘だろ。ボクってバカ。寝惚けてるんだな。まだ真夜中じゃないか」

詩の最後になって、詩人は自分にツッコミを入れ、状況を説明したというわけです。

「楓橋夜泊」のパロディが作られた

カラスが鳴くのは、朝の到来を告げ、恋人たちを引き裂くことを意味する、と言いました。「楓橋夜泊」詩にも「烏啼いて」と詠じられているせいでしょうか、男女の逢瀬とからめた色っぽい解釈がありました。

室町時代、禅僧たちは学問を修め、仏典を始めとして様々な講義録を残しました。「楓橋夜泊」詩の講義録も残っています。講義録の一つ『三体詩幻雲抄』には、「楓橋夜泊」詩は、およそ次のような張継の物語が下敷きになっているとする解釈が載っています。

張継は楓橋に停泊し、妓女と共寝《ともね》をしました。ほかの客の家に行こうと考えた妓女は、張継に夜が明けたことを伝えます。妓女は張継に、

「月が落ち烏が啼いて霜が一面に満ちているわ。もう夜が明けちゃったわね」

と言いました。実は妓女の言葉は嘘でした。そうとはわからない張継は、妓女が帰るのを許します。妓女が去った後、寒山寺の鐘の音が聞こえきました。張継は悔しがります。鐘は真夜中を告げていたのです。張継は妓女に嘘をつかれたことにようやく気づいたのでした（中田祝夫編著『増注唐賢絶句三体詩法幻雲抄』上巻、勉誠社・参照）。

このように、妓女が詩人を騙して夜半に去ってしまったとする解釈があったのです。村上哲見『漢詩と日本人』（講談社）には、詩人に嘘をついて早く帰る解釈以外に、妓女が

約束をすっぽかす例も紹介されています。妓女が詩人を騙すという解釈は江戸時代にも受け継がれていきました。

江戸時代も終わりに近づいた頃、大田南畝《なんぽ》（一七四九―一八二三）は「永久夜泊」（『通詩選諺解《げんかい》』、天明七年刊）という「楓橋夜泊」詩のパロディを作りました。

「永久夜泊《えいきゅうのやはく》」

① 鼻水が垂れて音がした。篷《とま》で身体を覆い、寒さをしのぐ。
② 船饅頭《ふなまんじゅう》相手に、酒の飲めない男が財布を懐《ふところ》から取り出した。
③ 味噌田楽に燗冷《かんざ》まし（冷めてしまった酒）。
④ 真夜中の小船で、お客を酔わせる。

船饅頭とは船で客を取る私娼のことです。「鼻落ち声鳴って」とは、鼻水がだらぁと垂れて、おそらく鼻を吸う時にズーと音がしたというのでしょう。漫画みたいです。それだけでも十分滑稽味をかもしだしています。例えば、③・④句を上方漫才に仕立ててみましょう。次のような掛け合いになると思います。

「味噌田楽の寒冷酒《かんざまし》」

「それを言うなら「姑蘇城外の寒山寺」やろ。飲み食いすることしか考えてないやろ、お前は……。困ったもんや」

「夜半の小船　客人を酔わしむ」

「そこは「夜半の鐘声、客船に到る」や。お前って奴は「かね」言うたら、銭金《ぜにかね》のことしか頭にない。船饅頭が酒の飲めん男から金を絞り取るってか。え？　それ、ボクのことちゃうんか。お前にしゃべるとすぐこれやがな……」

こんな風になるんじゃないでしょうか。「永久夜泊」詩のパロディには大きな二つの特徴があるのです。漫才の掛け合いにしたことからも

「楓橋夜泊」（『唐詩選画本』第4集、巻2）

大田南畝「永久夜泊」〈狂詩〉

鼻落ち声鳴って　篷《とま》　身《み》を掩《おお》う
饅頭《まんじゅう》　下戸《げこ》　銭緡《ぜにさし》を抜《ぬ》く
味噌田楽《みそでんがく》の寒冷《かんざまし》酒
夜半《やはん》の小船《しょうせん》　客人を酔《よ》わしむ

鼻落声鳴篷掩身
饅頭下戸抜銭緡
味噌田楽寒冷酒
夜半小船酔客人

『通詩選諺解』（『大田南畝全集』第1巻、岩波書店）

察しがつくと思いますが、笑いのツボと言っていいと思います。

一つは、「月落ち」を「鼻落ち」に、「姑蘇城外の寒山寺」を「味噌田楽の寒冷の酒」に変えるなど、漢詩の典雅な語彙を卑俗なもの——鼻水、味噌田楽——にすることによって笑いを取る点です。

もう一つは、「鐘」と「金」の駄洒落によって笑いを取るという点です。旅人の船に真夜中に鐘《かね》の音が響くというところを、深夜の小船の中で娼婦が酒の飲めない男を酔わせてたっぷり金《かね》をたかろうとしていると言い替えてしまうのです。

本当に笑いが取れたのかどうかはわかりませんが、私はパロディとしてよく出来ていると思います。なお、橋のそばに停泊した船で客を取る私娼という「永久夜泊」詩の趣向は、前に述べた、妓女が詩人を騙すという解釈に示唆を得ているのでしょう。

ちなみに、永久橋は、永井荷風（一八七九—一九五九）の『日和下駄』巻六にも出てきます。箱崎町の永久橋または菖蒲河岸《しょうぶがし》の女橋《おんなばし》から、中洲と箱崎町の出端《でばな》の間に深く突き入った掘割を眺めると、入江《いりえ》のような風景だと、荷風は述べています。無数の荷船がまるで集落を作るように集まっていたのだそうです。また、夕暮れ時、風が収まるのを待って、各船から煮炊きの煙がたなびく様子について、

正《まさ》に江南沢国《こうなんたっこく》の趣《おもむき》をなす。（『日和下駄』巻六、『荷風随筆』第二巻所収、岩波書店）

と言っています（この一節は『日和下駄』の初版本にはなく、後に荷風が付け加えたもの）。「江南」とは長江の南、蘇州一帯を指し、「沢国」とは水郷の意味です。蘇州近辺の雰囲気を

漂わせる江戸の水辺の風景が、南畝のパロディの舞台に選ばれていたわけです。

ドラマで見たかもしれない

蘇州は文化と経済の中心地として繁栄を極め、その豊かさを背景に、芸術作品が数多く生み出されました。日本人は、この繁華な都市に強いあこがれを抱くようになります。

清の道光十（一八三〇）年に刊行された『清嘉録《せいかろく》』は、翌年（日本・天保二年）には江戸の書店で入手できる状態だったと言います。『清嘉録』は、蘇州でどのような行事がいつ、どんな風に行われるかを記したものです。

蘇州年間イベントガイド——知って得する蘇州のすべて

今なら、そんな書名をつけるかもしれません。日本人が中国大陸へ渡航ができない江戸時代、『清嘉録』を読んでも、イベントを見に行くことはできません。それでも、六年後の天保八年には和刻本も出版されました（中村喬「解説」、顧禄著／中村喬訳注『清嘉録』、平凡社東洋文庫・参照）。蘇州という町への関心の高さを物語っています。

「楓橋夜泊」詩は、『唐詩選』、『三体詩』という二つの唐詩のアンソロジーに収録されています。『唐詩選』、『三体詩』の両方に載っている詩は多くありません。『唐詩選』も『三体詩』も江戸時代、ロングセラーを続けました。特に、『唐詩選画本《えほん》』という絵入り本が大ヒットしました。「楓橋夜泊」詩も可視化されて親しまれたのです（19ページ参照）。さらに前節で挙げたようにパロディも作られました。現在、ヒットした小説が映画化され、お笑い芸人たちがパロディにして笑いを取るのに似ています。『唐詩選』、『三体詩』の人気は明治に入っても衰えませんでした。蘇州と言えば「楓橋夜泊」詩、と言えるほど密接に都市と漢詩が結びついていました。

また、明治には、多くの日本人が蘇州に実際に行くことができるようになりました。たくさんの旅人が、蘇州で見聞したことを記した紀行文や詩歌に表しました。

永井荷風の父禾原《かげん》（一八五二―一九一三）は、漢文の旅行記『観光私記』（明治四十三年刊）の中で、「楓橋夜泊」詩を刻んだ石碑の拓本について触れています。禾原は知人から、兪《ゆ》樾《えつ》が揮毫《きごう》した「楓橋夜泊」詩の拓本をお土産にもらいました。兪樾は、『東瀛詩選《とうえいしせん》』という日本漢詩のアンソロジーを編集したことで有名な文人です。

現在も、兪樾の揮毫した「楓橋夜泊」の詩碑の拓本は、蘇州の土産物屋で売られています。掛軸に仕立てたものもたくさんあります。恰好《かっこう》のお土産として購入する日本人は今も跡を絶ちません。「楓橋夜泊」詩の掛軸は、床の間に飾られることも少なくないでしょう。

「テレビの時代劇で見たことがある。」

と、時代劇ファンの父は言っています。兪樾が揮毫した「楓橋夜泊」の詩碑の拓本の掛軸が、江戸時代を舞台にした時代劇の小道具に使われているそうなのです。

ただし、時代が合いません。兪樾は光緒三十二（西暦一九〇六。明治三十九）年に揮毫しています。江戸時代に存在しないはずの拓本の掛軸です。ヘンですが、「楓橋夜泊」詩を、テレビを通して私たちも知らず知らずのうちに目にしていたことになります。

〈蘇州夜曲〉は日本人が作った

「平原綾香の歌でしょ？」

次ページの詩を読んで、そうおっしゃる方も多いでしょう。これは、〈蘇州夜曲〉の一番の歌詞です。広済橋《こうせいきょう》から山塘街《さんとうがい》を撮った、水の蘇州の写真も貼り付けてみました。

〈蘇州夜曲〉は、平成十五年のヒット曲となった、平原綾香の〈Jupiter〉のMAXI-CDのカップリング曲です。翌年には、アルバム〈Odyssey〉にも収録されました。

「いや、そうじゃなくて……」

飛鳥《あすか》の歌っているのを聞いたと言う方ですか？　それとも美空ひばり？　それとも……。多くのアーティストがこの曲を歌っています。

「中国の曲だと思ってたけど……コマーシャルソングに使われてたでしょ？」

平成十一年、サントリーのウーロン茶のＣＭで流れたのは、姜小青《きょしょうせい》という女性歌手による中国語版〈蘇州夜曲〉でした。平成十五年に、〈烏龍歌集［チャイ］〉に収録されています。

〈蘇州夜曲〉はれっきとした日本の曲で、原詩は西条八十《さいじょうやそ》、曲は服部良一です。中国語の歌詞を付けたのは、日本で歌手活動を展開している蘇州出身の李広宏で、ＣＤ〈中国語

君がみ胸に　抱かれてきくは
夢の舟歌　鳥の唄
水の蘇州の　花散る春を
惜しむか柳が　すすり泣く

で歌う「日本の心の歌Ⅱ」〉（平成十一年）や、〈花鳥風月〉（平成十五年）で彼の歌う〈蘇州夜曲〉を聞くことができます。

「じれったいな、李香蘭の歌ですよ。」

そうおっしゃる方、お待たせしました。ご存知の通り、李香蘭が出演した映画《支那の夜》（昭和十五年）で歌われた曲です。映画を見た方もいらっしゃるかもしれません。

李香蘭こと山口淑子について、『李香蘭　私の半生』（藤原作弥・山口淑子著、新潮文庫）などの評伝が出版されています。劇団四季のミュージカル《李香蘭》や上戸彩主演のドラマを御覧になった方もよくご存知でしょう。彼女は日本人ですが、中国人女優としてデビューしました。多くの映画に出演して日本で人気を博しました。けれども、中国人からは、日本に協力する〝中国人〟女優として非難され、糾弾されました。

映画《支那の夜》で、李香蘭が水辺の柳の下で〈蘇州夜曲〉を歌うシーンは印象深く、恋する少女という風情が漂います。日本人の蘇州へのあこがれが満ちた、抒情的な恋愛映画でした。ただし、昭和十五（一九四〇）年当時の日本人の中国観が見え隠れします。この映画を中国人が嫌ったというのもよくわかりますし、ヒロインを演じた〝中国人〟女優を糾弾する気持ちも、察してあまりあります。

《支那の夜》という映画の持つ負の面を〈蘇州夜曲〉は長い間引きずっていたかもしれません。李広宏が訳詞を世に出すまで、ほぼ六十年の歳月が流れていることは示唆に富みます。幸いなことに、現在、日本語・中国語を解する人が共に歌える歌となりました。

〈蘇州夜曲〉の長寿の理由はメロディの美しさにあるのはもちろんですが、西条八十の歌詞も魅力的だからでしょう。歌詞にある「鳥の唄」を、李香蘭は「恋の唄」と歌ったこともあります（CD〈SP盤復刻による懐かしのメロディ　李香蘭（山口淑子）〉）。さて平原綾香はどっちで歌っているのでしょう。気なる方はCDを聞いてみてください。

〈蘇州夜曲〉の歌詞には、船、夜、月、寒山寺といった言葉が散りばめられています。「楓橋夜泊」詩で培われた蘇州のイメージを引き継いでいると思われます。〈蘇州夜曲〉では、女性は、恋の行方におののきながら、恋人との逢瀬が一瞬でも長く続くことを願っています。このように恋の蘇州を歌うことも、「楓橋夜泊」詩が女性の存在を暗示させる詩であったことと無関係ではないかもしれません。

人生に寄り添ってくれた

大人になった蘇峰は、二度、中国旅行をしました。どちらの旅でも寒山寺を訪れます。明治三十八（一九〇五）年の旅行では、寒山寺は殺風景だと言い、大正六（一九一七）年の旅行では、俗悪であると言っています（『七十八日遊記』民友社、明治三十九年、及び『支那漫遊記』、民友社、大正七年）。どうして悪く言ったのでしょうか。

寒山寺への思い入れがありすぎたということを、その理由の一つに挙げたいと思います。母の膝で「江楓　漁火　愁眠に対す」と口移しに教えられた蘇峰は、一方で虫追いや左義長のような火祭りを好む少年でもありました。彼は幼い頃、水俣の海の漁火も見ていたはずです。蘇峰の覚えた「楓橋夜泊」詩は独自の詩的世界を持ったのかもしれません。

寒山寺を「殺風景」、「俗悪」などと書く蘇峰ですが、蘇州を嫌ったわけではないのです。二度目の旅では、自動船《モーターボート》で運河をめぐりました。両岸に建つ建物の灯が淡い影を落としているのが目に入ります。人声はなく、静まりかえっています。船は、水面に映る月影を砕いていくかのように、静かな運河を進んで行きます。蘇峰は、

「古代、呉王の宮殿の女性を照らした月、その時彼女を照らしていたのと同じ月が、ボクを照らしているんだなぁ」

と、うっとり月を眺めました。

蘇州紀行の最後に絶句を載せています。絶句の最後は、

月《げつ》明《めい》夢《ゆめ》の如《ごと》く姑蘇《こそ》を過《す》ぐ

（月明かりのもと、夢の中のできごとであるかのように、僕は、蘇州の町を過ぎていく。）

という句です。蘇峰は月を眺めて古代の女性をしのび、

夢見心地になったのです。蘇州の灯火と月光は、少年時代、好きだった火祭りの炎に変わって、蘇峰の心をほんわかと包みこんでくれたのでしょう。

『蘇峰自伝』が出版されたのは昭和十（一九三五）年、蘇峰が七十二歳の時でした。母・久子が九十一歳で他界してから二十四年後のことです。「月落ち烏啼いて霜天に満つ」の詩句は、母のぬくもりの記憶と一体化され、脳裏にしっかりと刻み込まれていたにちがいありません。蘇峰は、母の膝で覚えた漢詩の思い出を、自伝に書くことを忘れませんでした。

自伝刊行後、蘇峰はさらに二十余年生き、昭和三十二（一九五七）年、九十四歳で生を終えました。二〇〇三年、米原謙『徳富蘇峰』（中公新書）が出版され

ました。簡潔にまとめられていますが、その思想的生涯がよくわかります。

漢詩と近代日本人の関わりから考えると、蘇峰は、幼少期に身についた漢詩句が人生に寄り添っていた世代の一人といえます。昔の子どもがどのように初めて漢詩に接したか、蘇峰の思い出からうかがい知ることができます。

二　ぼやき、癒され、恋を語る

——森鷗外（文久二年生）・夏目漱石（慶応三年生）

・中野逍遥（慶応三年生）

新聞のイラストにも漢詩

「ほう、船が停泊しているのは、天草《あまくさ》の海ということか」

明治三十四（一九〇一）年八月十七日、新聞『日本』の読者はこんな風につぶやいたかもしれません。『日本』は、正岡子規（一八六七―一九〇二）が社員だったことでよく知られています。次ページのように、新聞の挿絵の中に、漢詩句が書き込まれていました。「水天髣髴青一髪《すいてんほうふつあおいっぱつ》」は、江戸後期の文人頼山陽《らいさんよう》（一七八〇―一八三二）の「天草洋《あまくさなだ》に泊《はく》す」詩の一節です。挿絵を見ただけですぐわかった人は、当時は少なくなかったでしょう。詩句の横に黒地に白抜きの文字が見えます。頼山陽の別号「三十六峯山人」を表しています。左端には黒字で「臣襄《のぼる》」と記して四角く囲んであります。「襄」は山陽の名前です。

江戸時代後期から明治時代にかけて、日本人の漢詩は質も量も最高峰に達しました。特に、明治には、漢詩はそれまでになく大量に作られました。漢詩の専門雑誌が発行され、一般の新聞、雑誌の多くに、漢詩の投稿欄が設けられました。新聞『日本』にも、漢詩欄がありました。

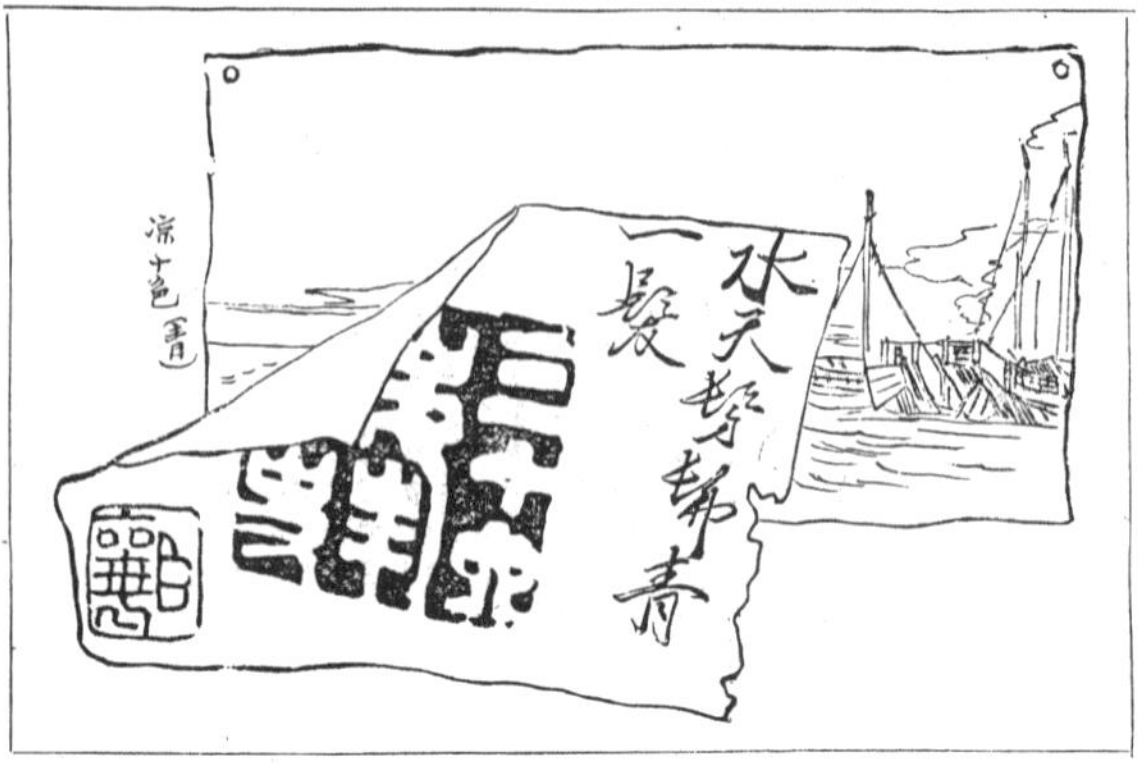

明治34年8月17日の新聞『日本』の挿絵。［ゆまに書房縮刷版］

明治三十年頃まで、漢詩は「詩」という言葉で呼ばれました。その後、急激に衰退に向かい、「漢詩」と呼ばれるようになります。漢詩史の上で、明治はとても重要な時代です。

この章では、森鷗外（一八六二―一九二二）、夏目漱石（一八六七―一九一六）、中野逍遥（一八六七―一八九四）の漢詩を紹介しましょう。三人はほぼ同じ世代です。明治元年にはまだ小さかった彼らは、明治という時代の変化と自分たちの成長が重なっています。

この世代は、幼少期から漢詩漢文を徹底的にたたきこまれました人が少なくありません。漢詩漢文を習得して教養の基礎固めをし、その基礎の上に、西洋の文芸や思想、科学技術に触れて、明治の文化を作り上げていきました。

明治十年、明治二十年と、生まれ年が後になればなるほど、漢詩を作る人が減少します。子どもの時の学習すべき内容に占める漢詩漢文の比率が相対的に減っていくことも、漢詩漢文が自由に扱えなくなる要因となりました。

鷗外、漱石、逍遥は明治と共に生きました。漢詩を最高峰へと押し上げた知識人たちの、いわば先頭集団に混じって走っていたランナーたちなのです。

酔っ払いの相手か子どもの世話か

森鷗外は、青年期に多くの漢詩を作っています。ドイツ留学のために横浜を出発し、ベルリンに着くまでの旅の途中の見聞や感慨を漢詩に詠じています。ドイツでも漢詩を作っていますが、帰国後は漢詩の創作量は極端に減少します。特に、明治三十九（一九〇六）年から大正三（一九一四）年までのほぼ十年間に、たった一首しか作っていません（明治四十三年「堀賢平像讃」詩）。この時期に、ゲーテの劇詩『ファウスト』（大正三年）など翻訳に精力を注ぎ、『青年』（明治四十三〜四十四年）など数多くの小説を発表しました。

けれども、大正四（一九一五）年から大正十一年に亡くなるまでは、年平均で八〜九首の漢詩を作りました（40ページ「早わかり鷗外と漢詩の関係」図参照）。晩年、創作意欲が復活したとは決していえませんが、鷗外は漢詩と共に生きた一人といえます。

漢詩を再び書き始めた大正四年、森鷗外は五十三歳になっていました。陸軍軍医総監となり、陸軍省医務局長に就任していた鷗外が、退職の辞令を受けるのは大正五年四月のことですから、大正四年は退職の前年に当たります。この頃歴史への興味が高まり、『魚玄機』、『じいさんばあさん』、『寒山拾得』などの歴史小説を次々書き終えていきました。

この年、妻の志《し》げは三十五歳でした。志げの産んだ子どもたちは、茉莉が十二歳、杏奴は六歳、類は四歳です。鷗外は家族みんなで博覧会見物に出かけたり、杏奴と類だけを連れて小石川植物園に行ったりしています（『鷗外全集』第三十八巻、岩波書店・参照）。鷗外は家族でレジャーを楽しむのが大好きだったのです。

十一月一日の日記に次の詩が記されています。

「去故（故《ふる》きを去る）」

①　最初の妻は、足跡と同じ、ふり返って見たりしない。
②　新しい妻を迎えるのは火事を消す時のように早い方がいい。
③　結婚した時は血色のいい青年も、年を取ってしまう。
④　白髪頭になって、心の中の何を口に出して言えばよいのだろう。
⑤　失敗だったな。未亡人を誘惑して再婚したことは。
⑥　夢にも思わなかった。ボクと彼女の心が離れればなれになるなんて。
⑦　まだ聞いたことがないね。司馬相如が、
⑧　卓文君に、子どものことで苦労をかけたなんてことは。

この詩は、人によって解釈が分かれている難しい詩です。詩の冒頭二文字を取り出して詩題にしています。「故きを去る」は、最初の妻との離婚を指すと考えられますが、詩で主に詠じられているのは再婚した後の妻志《し》げのことだと思われます。

鷗外のドイツでの恋人エリーゼが鷗外を追って来日し、すぐ日本を離れた後、周囲の人々

早わかり鷗外と漢詩の関係

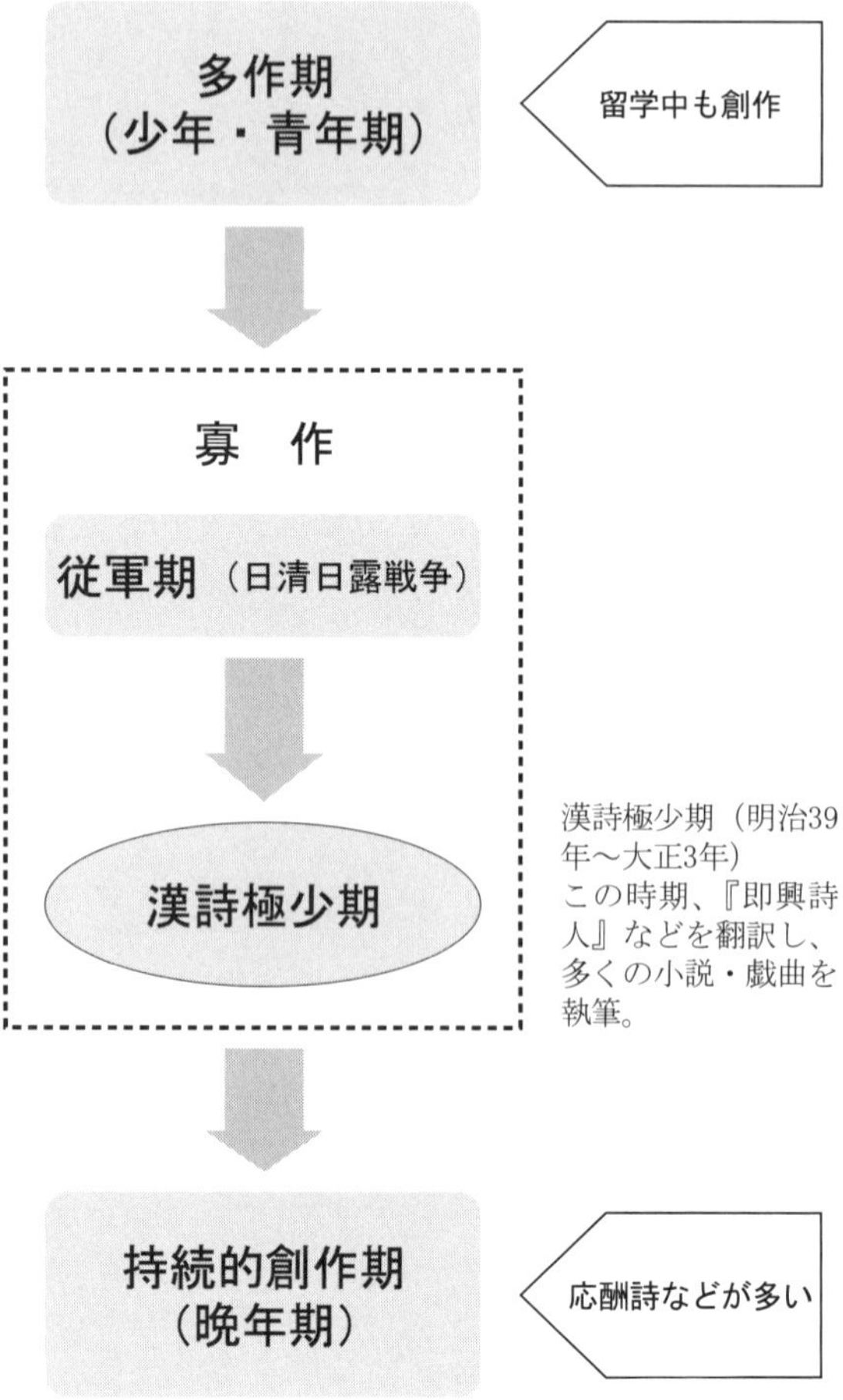

漢詩極少期（明治39年〜大正3年）
この時期、『即興詩人』などを翻訳し、多くの小説・戯曲を執筆。

は、鷗外を赤松登志子と結婚させます。愛情を主体としない伝統的な結婚は、留学帰りの鷗外には古臭いものに感じられ、鷗外は登志子に愛情を持つことができなかったのかもしれません。結局うまく行かずに離婚し、その後、未亡人だった志げと再婚します。

詩の「司馬氏」、「文君」は、文人司馬《しば》相如《しょうじょ》（BC一七九―BC一一七）と妻卓文君《たくぶんくん》を指します。司馬相如は、未亡人になったばかりの卓文君に恋をし、琴の音に託して恋心を伝えました。⑤句目の「琴心」の語はこの話を踏まえ、琴の音に託す思いを意味します。卓文君は名家の令嬢で、貧乏な司馬相如との恋は大反対されました。そのため二人は駆け落ちしますが、生活に困ってしまい、卓文君は酒場で働き出しました。43ページは明代の挿絵で、まげを高く結っているのが卓文君です。背後に酒器を載せたテーブルが見えます。しばらくして、結婚が認められ、二人の恋はハッピーエンドで終わります。古くは『史記』の「司馬相如伝」に見え、詩や物語、戯曲に繰り返し描かれた有名な逸話です。

鷗外は、自分を司馬相如に、志げを卓文君になぞらえました。卓文君と志げの共通点はもと未亡人ということです。酒場での酔客相手の仕事は、卓文君が働く喜びを知るための

「去故（故《ふる》きを去る）」

故《ふる》きを去るは　遺迹の如《ごと》く
新しきに就《つ》くは　救焚《きゅうふん》に同じ
紅顔《こうがん》の人　老《お》い易《やす》く
白首《はくしゅ》の意　何をか云わん
已《すで》に悔《く》ゆ　琴心《きんしん》もて挑《いど》みしを
寧《いずく》んぞ期せんや　岐路《きろ》に分《わ》かるるを
未《いま》だ聞かず　司馬氏《しばし》の
子《こ》を将《もっ》て　文君《ぶんくん》を累《わずら》わすを

去故如遺迹
就新同救焚
紅顔人易老
白首意何云
已悔琴心挑
寧期岐路分
未聞司馬氏
将子累文君

古田島洋介注『鷗外歴史文学集』第13巻（岩波書店）。一部改めたところがある。

「卓文君、酒場で酒を売る」（明・『琴心記』）
［内閣文庫蔵］

貴重な機会であったでしょう。妻に稼ぎがあることで、夫婦が生活苦にあえぎ続けることを免れたという利点もあったはずです。

けれども、鷗外が着目したのは、そういう点ではなく、夫を支える卓文君のけなげさだったと考えられます。鷗外は『安井夫人』（大正三年発表、『鷗外全集』第十五巻所収）で、安井息軒の妻お佐代を、内助の功に徹する賢夫人として描きました。卓文君もお佐代も夫とする男性を自ら選び、選んだ相手を信じて支える点が似ています。

⑦・⑧句は、相如は金銭で妻に面倒をかけたが、自分は子どものことで妻に苦労をかけっぱなしだと詠じています。大正四年四月、茉莉が麻疹にかかり、杏奴と類にも感染します。鷗外は子どもの病気を理由に、大臣の陪食を辞退して帰宅するなどしていますが、妻の負担は重かったはずです。「去故」詩を書いた前日の十月三十一日にも、赤痢にかかった杏奴が治ってまだ日が浅いという理由で、天皇への拝賀を辞退しています。最後の二句は、けなげな卓文君に志げを重ね、子育ての苦労をねぎらう気持ちを表現したのでしょう。

志げと峰子の嫁姑の仲はよくなかったとされていますが、峰子はこの年、七十歳（大正五年三月死去）で、衰えが目立ってきていたことでしょう。鷗外は余裕を持って家族に接することができたのではないでしょうか。⑤・⑥句で結婚を後悔している、心が離ればなれになったと詠じたのも、鷗外流のぼやきであろうと思います。

「妻は子どもに手がかかって、オレのこと、かまってくれなくなっちゃったんだよね」と、グチグチ言いながらため息をつく、そんなオヤジ像を鷗外に重ねてみたくなります。

病院食の値段が気になる

漱石は、少年時代から大学時代を経て松山・熊本での教師時代に至るまで、量の多少はありますが、漢詩を作っています。明治三十三（一九〇〇）年英国留学前に作ったのを最後に、漢詩創作を中断します。明治三十六年帰国、三十八年、『吾輩は猫である』で作家デビューを果たし、その後、小説家として名を馳せました（53ページ「早わかり漱石と漢詩の関係」図参照）。

明治四十三（一九一〇）年、四十三歳の漱石は、修善寺で吐血します。胃潰瘍でした。

吐血後、漱石は、堰《せき》を切ったように漢詩作りを再開します。漱石の漢詩は題がないものが多く、便宜上「無題」というタイトルが付けられています。

「無題　明治四十三年十月三日」

① ポタ、ポタ、ポタ……真っ赤な血が滴《したた》る。オレの腹ん中の「文」そのものだ。
② 吐いた血は夕闇を照らし、美しい紋様を形づくって流れていく。
③ 夜になって、からだが骨ばかりになったのかとぼんやり思う。
④ ベッドは石のようだ。そんなベッドに横たわって寒空の雲を夢見る。

この詩は定稿を決めて『思ひ出す事など』に載せるまでに、漱石は何度も何度も推敲を重ねています。最初に作ったのは十月三日ですが、すぐに訂正を始めています。十月五日の日記の本文に挿入された訂正稿も手が加えられています（一海知義訳注『漱石全集』第十八巻、岩波書店・参照）。漱石は浮かんでくる詩語や詩句を書き、よりよいものが浮かべばまたそれを書き……という作業を繰り返しました。

『思ひ出す事など』「十三」（『漱石全集』第十二巻）には、八百グラム吐血して、三十分間意識不明に陥った八月二十四日のことを記しています。意識不明前後の記憶を積み重ね、妻に聞いた話などをまじえて、「三十分の長い間死んでいた」ことをドキュメントしています。

吐血した漱石は「日頃からの苦痛の塊を一度にどさりと打ち遣り切ったという落付をもって」、枕元の人々のざわざわする様子をよそごとのように見ていました。漱石は、しばら

無題　明治四十三年十月三日

淋漓《りんり》たる絳血《こうけつ》　腹中《ふくちゅう》の文《ぶん》
嘔《は》いて黄昏《こうこん》を照《て》らして綺紋《きもん》を漾《ただよ》わす
夜《よる》に入《い》りて空《むな》しく疑《うたが》う　身《み》は是《こ》れ骨《ほね》かと
臥牀《がしょう》　石の如《ごと》く　寒雲を夢《ゆめ》む

淋漓絳血腹中文
嘔照黄昏漾綺紋
入夜空疑身是骨
臥牀如石夢寒雲

一海知義訳注『漱石全集』第18巻（岩波書店）

くたっても、「吐き出された血の色と恰好とを、ありありとわが眼の前に思い浮かべる」ことができました。直後に意識を失うほどの激しい吐血は、印象深く目に焼き付けられていたのです。さらに、吐血した翌朝「生まれてより以来この時ほどにわが骨の硬さを自覚した事がない」ほど、ふしぶしの痛みを感じます。この『思ひ出す事など』の記述は「無題」詩の内容にほぼ対応しています。

日記によると、九月十日の漱石は万年筆を動かす力がなく、九月二十四日には足の痛みで目が覚めています。骨ばかりになった足の上にもう片方の足を載せたためだと、日記に書いています。漢詩の中では「病骨　稜《りょう》として剣の如《ごと》し（病にかかった骨はかどばっていて剣のようだ）」（「無題」明治四十三年九月二十日）と詠じました。また、「嘔血《おうけつ》　骨猶《ほねな》お存す（血を吐いてもまだ骨は残っている）」（「無題」明治四十三年十月七日）の詩句もあります。

「無題」詩の訂正稿が記された十月五日の日記の書き出しは、

晴、稍寒。眠無事、殆んど平生に近し。

（『漱石全集』第二十巻）

でした。その後に、「無題　明治四十三年十月三日」が記されています。日記では、漢詩の後に、さらに、病院食の金額などを書き上げ、値段が高いとこぼしています。

漱石の書いた、ほうれん草のお浸し一人前二十五銭、鶏百目《め》（百目は三七五g）八、九十銭は、確かに高いと思います。明治四十三年、白米（中級品）の東京の平均小売価格は一円九銭九厘でした（『物価の文化史事典』、展望社・参照）。漱石は明治四十年、月俸二百円の契約を東京朝日新聞社と結びましたが、それ以降も、金銭感覚は庶民のものとそれほど違わなかったと思います。日記の続きには、

十一日に帰る由。其前《そのまえ》にもう一遍便を東京に送りて検査させると。

とあります。そして最後に、

冷やかな瓦を鳥の遠近《おちこち》す

という俳句を書き加えています。

このように、食事の値段に不満を言い、東京へ帰ることや便の検査が気になる俗な漱石と、漢詩を詠じ、俳句を詠む漱石が同列に並んでいます。

病気になって、「現実界を遠くに見て、杳《はるか》な心に些《すこし》の蟠《わだかま》りのないときだけ、句も自

然と湧き、詩も興に乗じて種々な形のもとに浮かんでくる」と、漱石は言っています。漱石にとって、漢詩は俳句とともに「風流を盛る可《べ》き器」でした。脳裏に俳句や漢詩が浮かんでくる時は、「自分の生涯の中で一番幸福な時期」なのでした（カッコ付きの言葉はすべて『思ひ出す事など』「五」に基づく）。

きわめて俗っぽい自分がいて、そんな自分を忌み嫌うかのようにひたすら風流を求める自分がいることを、漱石は自覚していたと思います。俗人である自己と風流を求める自己が交差する中で、「淋漓絳血……」で始まる「無題」詩が生まれ、推敲が重ねられたのです。

①句目の「腹中の文」とは何を指すのでしょうか。一海知義は「「文」は、あやもようであるとともに、文章、文学の意をふくむ」と、「文」が多義的な語であることを指摘しています（『漱石全集』第十八巻）。「腹中の文」は多様な解釈を許す言葉ですが、この「腹中の文」について考えてみましょう。

「無題」詩は、研ぎ澄まされた身体感覚と冷徹なまなざしを感じさせます。吐血した自分を、別の自分が眺めている感じがします。夕陽を浴びて紋様を描いて流れる血を執拗に追いかけるのは、特に視覚的に強く訴えてくるものがあります。

けれども、これは現実とは異なります。漱石は、妻の浴衣にべっとりと吐きかけたらしいことを聞かされています。また、意識を失う前に見た瀬戸《せと》引《び》きの金盥《かなだらい》に「白い底に大きな動物の肝《きも》の如《ごと》くどろりと固まっていたように思う」とも書いています。さらに、「日頃からの苦痛の塊一度にどさりと打ち遣り切った」ことで生じた沈着さについて述べていました。苦痛が血となって吐き出されたと思ったのでしょう。

色鮮やかな軌跡を描く血は、漢詩の世界での想像だということです。血が夕陽に照らされ、模様を描くさまを夢想することで、大量の吐血に衝撃を受けた心を癒したのでしょう。

血の流れる様子が想像の産物であって美しく描かれているならば、「文」も美しいものの比喩として使われたと考える方がよさそうです。吉川幸次郎は、詩文の才にすぐれることを示す「錦心繍腸」の語を挙げて「腹中の文」を腹中の文学と解釈しました（『漱石詩注』、岩波文庫）。そして「この血は、ほかならぬおれの腹中の文学といった気もち」と述べて

鷗外と漱石の漢詩の詩体別の詩数

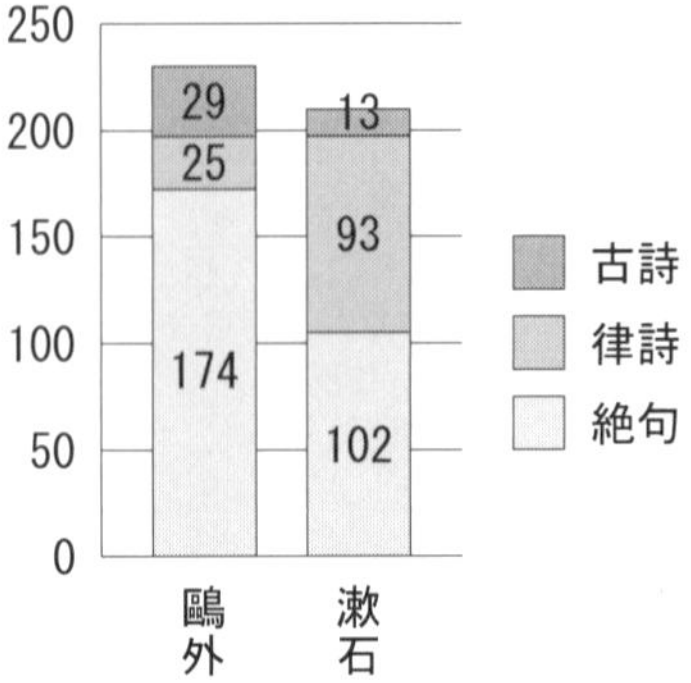

鷗外の古詩には歌行を含む。鷗外には、上記の表に挙げた以外に、排律一首、詞一首などがある。
調査は一海知義訳注『漱石全集』第18巻（岩波書店）と古田島洋介注『鷗外歴史文学集』12・13巻（岩波書店）に基づいている。

います。

明治三十三年、正岡子規のことを詠じた漢詩に「血を嘔《は》きて　始めて看《み》る　才子《さいし》の文」という詩句があります（「無題」）。吉川は、血を吐くほどの苦労をして始めてすばらしい文が書けるのだと解しました。一海友義は「啼いて血を吐く子規《ほととぎす》」という有名な言い回しを引用しています。「血を嘔きて始めて看る才子の文」は、正岡子規が血を吐き、すぐれた短歌や俳句を生み出したことを誉めているのでしょう。

漱石は、子規の吐血に際して作った漢詩では、血がすなわち短歌や俳句であるとは詠じませんでした。自分が大量に血を吐くという体験をして、苦痛をともなって血を吐くことは文学創造の営みに似ていると実感できたのではないでしょうか。『思ひ出す事など』で

早わかり漱石と漢詩の関係

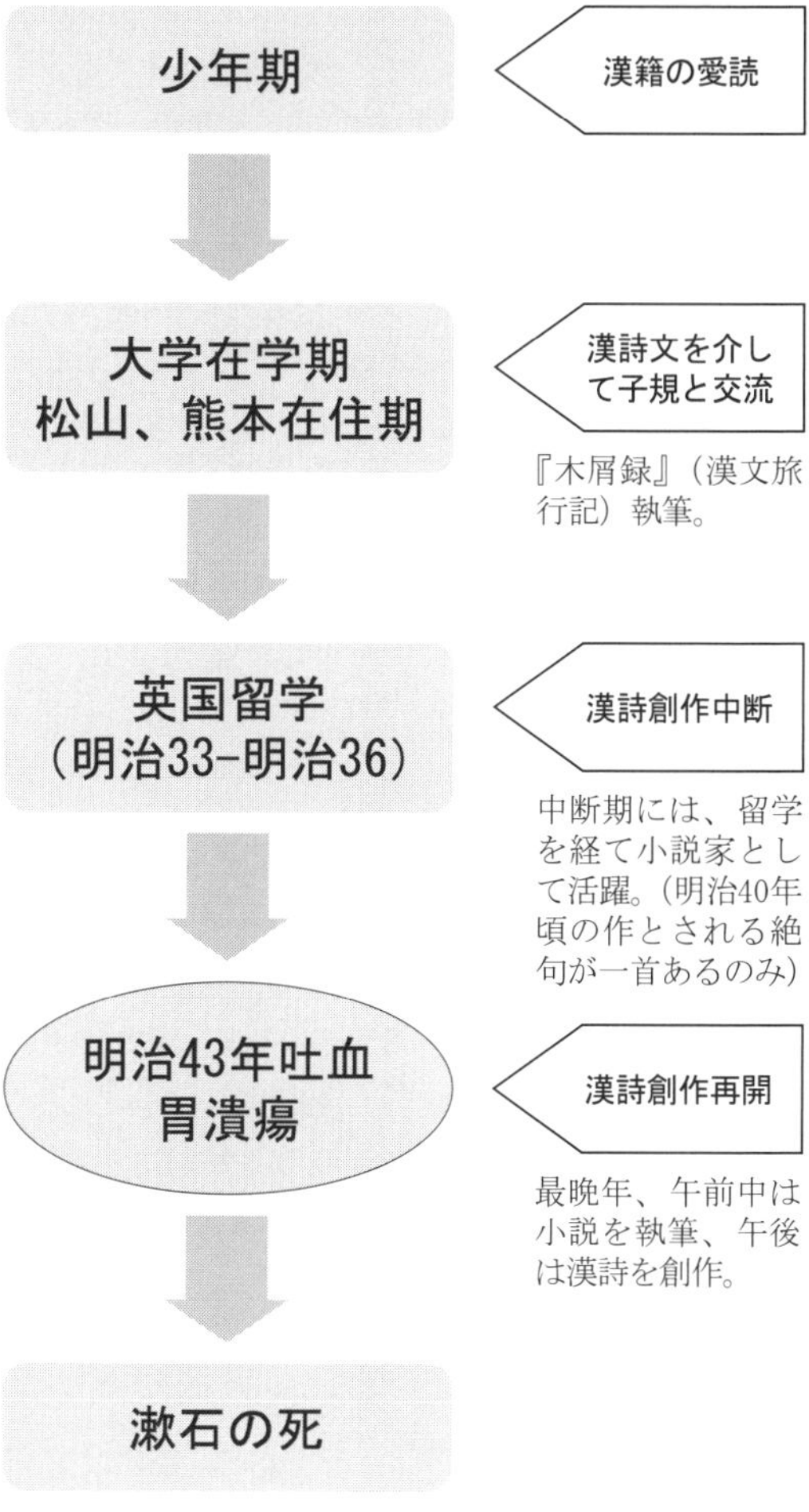
少年期
漢籍の愛読
大学在学期
松山、熊本在住期
漢詩文を介して子規と交流
『木屑録』（漢文旅行記）執筆。
英国留学
（明治33-明治36）
漢詩創作中断
中断期には、留学を経て小説家として活躍。（明治40年頃の作とされる絶句が一首あるのみ）
明治43年吐血
胃潰瘍
漢詩創作再開
最晩年、午前中は小説を執筆、午後は漢詩を創作。
漱石の死

は、吐血の体験を日本語で書き終えた後、「淋漓たる絳血……」で始まる「無題」詩を引用しました。読者に向けて、流れ出る血が腹中の文学なのだと言い切ることで、小説家漱石の健在ぶりを暗に主張したとも考えられるでしょう。

最晩年の漱石にとって、漢詩は彼の心のバランスを支える、不可欠の存在となりました。大正五（一九一六）年、久米正雄・芥川龍之介宛の書簡で、午前中は小説『明暗』を書いていることを記しています（八月二十一日付、『漱石全集』第二十四巻）。

『明暗』を執筆する「心持は苦痛、快楽、器械的」の三つを兼ね、「毎日百回近くもあんな事を書いていると大いに俗了された心持になります」と言っています。そして、午後の日課として漢詩を一日一首ぐらいずつ作っていることを告白しました。午前中は小説執筆、午後は漢詩創作という日々を百数日続けて、漱石は死を迎えたのです。再び漢詩を詠み出してから六年目のことでした。

明治のミスチル、モーソーする

中野逍遥の『逍遥遺稿』は、昭和四年岩波文庫に入り、平成六年に重版されました（現在は絶版）。入谷仙介ほか著『漢詩文集』〈新日本古典文学大系明治編2〉（岩波書店）では逍遥の漢詩は抄録ですが、「思君（君を思う）」詩は省かれずに採録されています。

「思君」詩は十首の連作です。第一・第二首はひたすら片恋の辛さを詠じ、第三から第六までは彼女にプレゼントすることを詠じます。第七首で片恋に悩む自分を詠じ、第八・第九首で、彼女を賛美します。春の野に咲く桃の花のようだ、白い梅の花のようだと、彼女のことをたたえます。第十首では二人で暮らすことを夢想します。詩人は読書し、彼女は機《はた》を織り、二人の笑う声の向こうで鶯《うぐいす》の鳴き声がします。平穏で愛に満ちた生活をどこで営もうかと、彼女に問いかけ、連作を締めくくります。

片思いの嘆き、恋が成就した後の二人、彼女への賛美などが、詩人の脳裏に浮かび上がるままに配列されたようです。取り留めなく見えますが、そのことがかえって「思君」全十首の魅力となっています。次に、第五首目を挙げてみます。

「思君」（君を思う）十首其五

①　君にプレゼントするよ、名香を納めた箱を。
②　僕のおかげだと覚えていてほしい。韓寿のように君の部屋に忍んできたのだから。
③　顔を扇で隠さないで。秋に使われなくなる扇は不吉だから。恥ずかしがらなくていいよ。
④　君が描いた美しい眉を、月が照らしている。

まゆずみで描いた眉は美人を象徴しています。月明りの下、彼女のことをかわいいなと思って見ているにちがいありません。

この五首目の詩では、詩人は香箱《こうばこ》を彼女にプレゼントしています。三首目から五首目までは順に、手紙を送り、きれいな服をあつらえ、家を建て、香箱、ブレスレットを贈ることを詠じています。肌に直接触れるブレスレットを贈るより、彼女のために衣服や家を準備するのが先というのは、現代の感覚では不思議な気持ちがするかもしれません。

詩に見える韓寿《かんじゅ》は、古代の説話の主人公（『蒙求』「韓寿窃香」など）です。彼は賈充《かじゅう》の娘の部屋へ、屋敷の塀を乗り越えて忍んで行きました。賈充の娘が韓寿に一目惚れし、韓寿の訪れを願ったのです。賈充の部下は、賈充の娘の恋人が韓寿だと気がつき、賈充に報告します。韓寿から漂う香りが、皇帝から賈《か》家に下賜された特別なお香の匂いだったためです。

韓寿は、『ロミオとジュリエット』第二幕第二場のロミオのようです。ロミオも高い塀

中野逍遥「思君」（君を思う）十首其五

君に贈る　名香奩《めいこうきょう》
まさに韓寿《かんじゅ》の恩《おん》を記《き》すべし
秋扇《しゅうせん》を将《も》ちて掩《おお》うを休《や》めよ
明月《めいげつ》眉痕《びこん》を照《て》らす

贈君名香奩
応記韓寿恩
休将秋扇掩
明月照眉痕

入谷仙介ほか『漢詩文集』〈新日本古典文学大系明治編2〉（岩波書店）

「ロミヨー深夜にジュリーの室に忍び入る」
（河島敬蔵訳『春情浮世の夢』、明治19年刊）
［『シェイクスピア翻訳文学書全集』第3巻、大空社］

を乗り越え、ジュリエットに会いに行きます。ロミオに待っていたのは悲劇的な結末ですが、韓寿は賈充の娘と結ばれ、ハッピーエンドを迎えることができました。

この韓寿の恋物語を踏まえて、彼女と結ばれた後のことを詩人は詠じているのです。歌舞伎には、逢瀬のしるしに女性がお香を贈るという趣向（「傾城妻恋桜」）や、恋人同士が香箱のふたと本体を別々に持つ趣向（「桜姫東文章」）が見られるそうです（延広真治「香に迷う」、今鷹真『蒙求』所収、角川書店）。中野逍遥は、日本化された韓寿の物語にも親しんでいたのかもしれません。物語を踏まえれば女性が恋人に贈る香箱ですが、逍遥は男性からの贈り物として詩に詠じました。ただし、プレゼントすることも、結ばれることも、詩人の想像にすぎません。現実の詩人は、彼女のことを一方的に恋い慕うばかりでした。

「思君」（君を思う）十首其七

① 君を訪ねて、駿河台の屋敷の下を通り過ぎる。
② すがすがしい宵のひととき、君の弾く琴のゆったりした音色が響いている。
③ 門のところでたたずんでいるだけ。家に入っていくなんてとてもできないよ。
④ 恐いんだ、月に照らされた君の演奏を乱してしまうのが。

このように、詩人は、彼女の家の前でたたずみ、月明かりの下、彼女の弾く琴の音に耳を傾けるだけです。韓寿やロミオのように、塀を越えて忍んで行くなどできないのです。
「君を思う」詩十首は、妄想が過ぎるかもしれません。でも、恋をすれば、自分本位に恋の成就を考えることや恋しい人の美点を探してうっとりすることもあり得ると思います。

中野逍遥「思君」（君を思う）十首其七

君を訪《と》いて台下《だいか》を過《す》ぐ
清宵琴響《せいしょうきんきょう》　揺《ゆ》らぐ
門《もん》に佇《たたず》みて　あえて入《い》らず
月前《げつぜん》の調《しら》べを乱《みだ》さんことを恐《おそ》る

訪君過台下
清宵琴響揺
佇門不敢入
恐乱月前調

入谷仙介ほか『漢詩文集』〈新日本古典文学大系明治編2〉（岩波書店）

では、こんな恋愛詩を書いた中野逍遥とは、いったいどんな人なのでしょうか。

中野逍遥は、愛媛県宇和島市の出身で、名を重太郎《しげたろう》と言います。帝国大学文科大学漢学科を明治二十七（一八九四）年に卒業し、引き続き研究科で学問を修めますが、その二ヶ月後に亡くなります。二十八歳でした。

中野逍遥の恋愛詩は、実在の女性への片思いの気持ちを詠じたものです。彼女は、南条貞子（一八七一―一九二五）と言います。貞子は群馬県館林《たてばやし》出身で、田山花袋の年下の友人南条金雄の姉に当たります。花袋の初恋の人でもありました。明治二十七年三月、貞子は結婚します。二十三歳でした。貞子の結婚直後、逍遥は館林に赴き、「感傷十律」など恋愛詩を創作しました。逍遥の病没はこの年の十一月で、貞子の結婚の約八ヵ月後に世を去ったことになります。ただし、貞子は、逍遥の片恋の相手が自分とは知らなかったようです。逍遥は告白することもなく失恋し、悲嘆にくれて死んでいったのでした。

一周忌の明治二十八年十一月、正岡子規ら友人たちがお金を出し合い、『逍遥遺稿』正・外二巻が出版されました。逍遥の作品は、逍遥の友人たちや、逍遥たちより若い世代の支持を得たのだそうです（村山吉廣『漢学者はいかに生きたか』、大修館書店）。

島崎藤村（一八七二―一九四三）は「一葉舟」（『文学界』、明治二十九年十月）に「哀歌」という題の詩を載せました。長篇の七五調定型詩です。自作の詩の前に、「中野逍遥をいたむ」文と逍遥の「思君」詩を九首目まで引用しています。島崎藤村は逍遥より五歳年下です。ほぼ同世代の青年の死に対する衝撃、その青年がほとばしる恋の思いを詩に詠じていたことへの共感が、「哀歌」には表れています。

「哀歌」は、後に『若菜集』（明治三十年刊）に収録されました。藤村の第一詩集です。「まだあげそめし前髪の、林檎のもとに見えし時」と諳《そら》んじることができる方もいらっしゃるでしょう。このフレーズで始まる「初恋」も、『若菜集』収録の詩です。逍遥の恋の漢詩は、日本語の抒情詩に引き継がれたのです。

明治のミスチル

と、中野逍遥のことを呼んだのは京都の女子大生Sさんでした。「漢文学」の授業で読んだ「思君（君を思う）」詩に、ミスター・チルドレンの歌を想起したのでしょう。恋する男子は、今も変わらず詩歌の中に登場します。桜井和寿・作詞作曲〈君が好き〉では、「僕」は歩道橋の上で、月を眺めながら「君」のことを考えます。「思君」詩第七首を連想させるようなシーンです。〈君が好き〉は、ミスチルの平成十四年のヒット曲の一つです。「僕」は彼女との関係を上手に結べない男の子です。中野逍遥にどこか似ている気がします。Sさんが「明治のミスチル」と言ったのもなるほどと思います。

心の奥底を表現する

「十分に西洋的教養を吸収した近代的知識人である彼らにとって、なぜ漢詩が必要であったか」と、入谷仙介は問いを投げかけました（『近代文学としての明治漢詩』、研文出版）。入谷は、中国の文明は、「「影響」といったレベルの問題でなく、精神の深部に根を下ろした存在」であり、「西洋文明という異質強力な文明の侵入という、日本人にとっての精神的危機において、防衛機構として働きえた」という言葉を、答えとして提示しています。明治生まれの人と漢詩の関係を大局的に捉えたすぐれた答えと思います。もちろん個人によっての違いはあるでしょう。世代による違いも大きいと思います。

本章で挙げたのは、漢詩でぼやき、漢詩に癒され、漢詩で恋を語った詩人たちです。鷗外は家族のことで、漱石は心とからだのことでストレスを感じました。また、逍遥は片恋に悩みました。「精神的危機」という深刻な言葉とは離れた、日常的で普遍的な苦悩といえます。彼らはその苦悩を表現する手段として漢語を自在に操り、漢詩を作りました。漢詩は彼らの表現手段の選択肢の一つでした。第一章でお話したように、漢詩が身体の記憶の一部ともなり、深く根づいていたためにそれが可能になったのです。そして、西洋文明という異文化の衝撃に対して精神を防衛する手段としても、漢詩を使うことができたのです。

詩人の心の底をのぞくことができるような漢詩には心惹かれる点が少なくありません。このほか、明治の漢詩は、先進国と肩を並べることを鼓舞したり、西洋渡来の事物を詠じたり、ヨーロッパやアジア各地の見聞を詠じたりするなど、きわめて多岐に富んでいます。

III　文字で美しい絵を描く

――小川未明（明治十五年生）

未明の童話で、ニホンゴを学ぶ

小川未明（一八八二―一九六一）の「野薔薇《のばら》」（大正九年初出）を、まさか台北で教えるなんて、思ってもみませんでした。

以前、日本語を教えていた時のことです。担当させてもらった授業の指定教科書に「野薔薇」が載っていました。台湾の学生たちのように、未明の作品で日本語を学んだという方が、海外に多数いらっしゃるのではないか、と想像します。以前、小学校の国語の教科書に載っていましたが、日本語の教科書にも採用されていたのです。

日本最初の創作童話集は、『赤い船』（明治四十三年刊）という小川未明の作品集です。コロボックルシリーズで有名な佐藤さとるは、「日本にファンタジーを生む素地を作った人」と称しています（「解説」、『ファンタジー童話傑作選2』所収、講談社文庫）。未明の残した足跡は決して小さいものではありません。

未明のような資質を持つ人ならば、今なら映像クリエーターやアニメーション作家になるかもしれません。作品の内容が幻想的で、目に見えるような情景描写が少なくないから

「野薔薇」が収録された『小さな草と太陽』
（赤い鳥社、大正11年刊）［ほるぷ社複製版］

です。未明の作品には、大人になって出会っても、心魅かれる佳作がたくさんあります。

嫌いな科目がある日は行きたくない

「日本のアンデルセン」、「童話の父」などと称された小川未明も、十代の頃、不得手なものがありました。

数学、です。

小川未明は、数学ができなかったせいで、高田中学校（今の中学・高等学校に相当）を三度、落第しています。未明はそういう状況でも学校に通い続けました。彼は、厭《いや》な科目のある日は何となく学校に行くのが厭であったけれども、その中に好きな漢文の時間があると、せめてそれを楽しみにして学校に行ったこともあった。

（「霙の音を聞きながら」、『文章倶楽部』、大正六年六月）

と言っています。登校拒否をしなくてすんだのは、得意な科目があったからでした。それが漢文だったのです。漢文の先生の読みまちがいを、未明が指摘したこともありました。

また、漢詩を作って、雑誌『中学世界』に投稿し、掲載されたこともありました。小川未明は十七歳の頃のことをふりかえって、次のように述べています。

その頃から、文章を書くことは好きだった。そのうちでも、漢詩に、興味を持ちました。日本外史は、愛読の書でした。（略）当時、土地で有名な学者の家に、寄寓して、親しく、詩の添削をしてもらいました。詩では、年少に似合ず、うまいといって褒められた。

（「漢詩と形なき憧憬」、『文章倶楽部』、昭和四年三月）

中学時代の小川未明は、北沢乾堂《けんどう》の家に寄宿し、漢詩の添削を受けていました。北沢乾堂は、佐久間象山《しょうざん》の弟子でした。佐久間象山は幕末の思想家で、吉田松陰も師と崇めた人です。小川未明は、先生にほめられて、さらに新しいチャレンジをしてみたくなったのでしょう。彼は、朝鮮の人が町の旅館に滞在していることを新聞で読み、自作の漢詩を持参して、漢文での筆談を試みます。

未明は新聞記事を頼りに、訪ねていきました。度胸があります。それだけ、漢詩を披露したい、漢文の力を試したいという思いが強かったのでしょう。英語を習ったばかりの子どもが、外国の観光客を偶然見かけ、英語で話しかけるのに似ています。小川未明は、漢詩の中の言葉の使い方や、筆談した時の漢文の文章などを訂正してもらったことを思い出として書いています（前掲「漢詩と形なき憧憬」）。

小川未明は数学が不得意でも、劣等感の塊《かたまり》になったりしませんでした。未明は漢文によって自負心を維持することができたのです。その後、東京専門学校（のちの早稲田大学）英文科に入学し、坪内逍遥にも教えを受けました。

この筆談のエピソードは、小川未明の大切な思い出だったのでしょう。文章の趣旨も文体も異なりますが、「其の雄勁《ゆうけい》とさびしさ」（『中央公論』、大正十三年二月）にも記されています。

聞くと耳が喜ぶ

小川未明は高田中学校で漢文が急に得意になったわけではありません。彼と漢詩漢文の結びつきはさらに幼少期にさかのぼって確認することができます。未明が漢詩漢文の学習を始めたのは六才頃のことです。未明は放課後、剣道を習い、塾に通いました。塾の漢文の教材は、『論語』と『日本外史』でした（「童話を作って五十年」、『文藝春秋』、昭和二十六年二月号）。『日本外史』については、前に挙げた「漢詩と形なき憧憬」でも、「愛読の書」と言っていました。『日本外史』とはいったいどんな書物なのでしょう。

『日本外史』は頼山陽の著書で、武家の歴史を漢文で書いたものです。非常によく読まれた本で、教材としてよく使われました。齋藤希史は、文章の調子の良さが好まれたと述べています（『漢文脈と近代日本』、日本放送出版協会）。これは音読の時代だったことと無縁ではありません。

『日本外史』は、筋の運びがうまいだけでなく、聞いた時に心地よかったり、刺激的だったりする表現を使っています。声に出して漢詩文を訓読する人たち――それがかつての一般的な漢詩文読者だったのですが――を飽きさせないように配慮されているのです。

永嶺重敏によれば、音読から黙読への重要な転換点は明治三十年代でした（『雑誌と読者の近代』、日本エディタースクール出版部）。小川未明は明治十五年生まれですから、彼の幼少期は、まだ音読の時代だったことになります。

小川未明の習った先生は、『日本外史』を泣きながら教えていました。声に出して読んでいるうちに感極《かんきわ》まってくるタイプだったのでしょう。楠木正成《くすのきまさしげ》が正行と別れる條《くだり》などでは、未明も泣きました（前掲「童話を作って五十年」）。幼い頃、泣きながら教える先生の朗誦を通して『日本外史』に親しみ、後に愛読するようになったのです。

なお、和歌山県の新宮町出身の佐藤春夫（一八九二―一九六四）が十代だった頃、新宮町には、『日本外史』を片手に持って朗誦しながら、子どもに飴を売っている老人がいたそうです（『詩文半世紀』、昭和三十八年刊。『定本佐藤春夫全集』第十八巻所収、臨川書店）。佐藤春夫の十代は、およそ明治三十五年ぐらいから明治末年ぐらいにかけての時期です。「老奇人」と書かれていますから、とても珍しかったにちがいありません。音読の時代から徐々に黙読の時代へと移行していき、『日本外史』も声に出して読まれなくなっていったのでした。

ちなみに、楠木正成が正行と別れる場面は、一般に「桜井の別れ」と呼ばれています。

「桜井駅遺訓」（『日本歴史画譚』、文王閣、明治43年）

湊川《みなとがわ》の戦いの前に、死を覚悟した楠木正成は、桜井（大阪府高槻市）で息子の正行に語りかけます。「父が死んだら、今度はおまえが戦え。忠義を尽くすことが親孝行だ」と言って、宝刀を授けました。

この逸話は、戦前、小学校の修身の教科書に取り入れられました（『精撰「尋常小學修身書」』、小学館文庫・参照）。また、唱歌〈青葉茂れる桜井の〉（明治三十二年、落合直文作詞）も、この正成・正行親子の決別を歌ったものです。

未明は、東京専門学校に入学した頃、早稲田の近所の子どもたちがこの唱歌を口ずさむのを耳にしました（「上京当時の回想」、『文章世界』第百二十三号、大正三年五月）。もしも桜井の別れの場面で涙を流す少年時代を過ごしていなかったならば、〈青葉茂れる桜井の〉の歌声が、十九歳になっていた未明の耳に留まることはなかっただろうと思います。

いつのまにか着いちゃいました

　白楽天の詩、李白の詩、高青邱《こうせいきゅう》の詩、『詩経』、古詩などは好きである、と小川未明は「漢詩の面白味」に書いています。この愛好は小学生や中学生の時に培《つちか》われたものです。子どもの頃には『三体詩』や『唐詩選』などを愛誦し、中学生の時は日本語で書かれた口語詩よりも漢詩――例えば高青邱などを愛読していたそうです（前掲「上京当時の回想」及び「漢詩の面白味」、『文章倶楽部』特別拡大号、大正七年五月・参照）。

　愛読していた漢詩の例として、未明は高青邱の詩を挙げました。高青邱は、明代初めの詩人高啓《こうけい》（一三三六―一三七四）のことです。現在の蘇州市の出身で、号を青邱と言いました。次は、高啓の詩の中で非常に有名な一首です。斉藤孝編『国破れて山河あり』（草思社）という漢詩の絵本にも入っています。

「胡隠君《こいんくん》を尋《たず》ぬ」

①　水を渡り　復《ま》た水を渡り（川をわたり、また川をわたり）
②　花を看《み》　還《ま》た花を看る（花を見、さらに花を見て）
③　春風　江上《こうじょう》の路（春風の川ぞいの路を）
④　覚えず　君が家に到る（いつのまにかあなたのお宅にやって来ました）

（入谷仙介訳注『高啓』〈中国詩人選集二集10〉、岩波書店）

詩題は、胡という名前の隠者《いんじゃ》を訪ねるという意味です。水の都に春が来て浮き立つ気持ちが伝わってくるようです。高啓には、森鷗外の訳で有名な「青邱子の歌」のような長篇詩もありますが、この詩のように、軽快で平易な、可愛い作品が好まれる傾向にありました。

感じの細かな優しみの深いもの

大正五（一九一六）年、『文章倶楽部』は、「余が好める秋の描写」という特集を組んで多くの作家の随筆を載せました。小川未明の寄せた文の中に次のような一節があります。

何といっても秋の自然を最もよく歌ったものは支那の詩でありましょう。古詩などにはいかにも淋《さび》しい自然に、幽婉《ゆうえん》な女の思いなどを寄せたものがあります。また唐代の詩にも秋を歌った佳作が沢山《たくさん》あります。けれど宋代の詩に却《かえ》って感じの細かな優しみの深いものがあります。

（『平家物語』と宋詩」、『文章倶楽部』、大正五年九月）

未明はこの文の続きに、宋代の秋の詩として陸游の「秋思」詩を挙げました。陸游（一一二五―一二一〇）は田園・自然を巧みに詠じた作品を数多く残しています。

「秋思」

① 生い茂った桑や竹の陰になって、村の入り口が見えない。

② 牛と羊は別々の道を、それぞれの村に帰っていく。

③ 目の前の山は雨が上がり、雲はあとかたもない。

④ 河口からの満ち潮が海へもどっていって、河岸には波が打ち上げたあとができている。

陸游「秋思」

桑竹　陰《かげ》を成《な》して　門見えず
牛羊　路《みち》を分《わか》ち　各《おの》おの村に帰る
前山　雨過ぎ　雲《くも》　跡《あと》無し
別浦の潮回《しおかえ》りて　岸に痕《あと》有り

桑竹成陰不見門
牛羊分路各帰村
前山雨過雲無跡
別浦潮回岸有痕

原詩は『剣南詩稿校注』巻72（上海古籍出版社）

これは開禧三（一二〇七）年に作られた「秋思」十首のうちの一首です。陸游は現在の浙江《せっこう》省紹興《しょうこう》の出身です。浙江省には銭塘江《せんとうこう》という川があります。陰暦八月中旬、満潮になると、河口から逆巻く波が銭塘江《せんとうこう》をのぼっていきます。これを見に行くことを「観潮」と言い、秋の風物詩の一つとなっています。ただし、土手の木々をなぎ倒し、見物人を飲み込むこともあります。詩の前半は牧歌的で秋の実りを感じさせますが、後半は自然の猛威を静かに伝えています。「感じの細かな優しみの深いもの」と未明が言うのも、納得できる詩です。

小川未明は、さらに続けて、「秋思」詩のことを、ミレーかレンブラントのエッチング（銅版画）を見るような感じだと述べました。「秋思」詩が、農村風景を絵のように描いた詩であったためでしょう。次のような文章を「漢詩と形なき憧憬」に見ることができます。

漢詩には、文字で、美しい絵を描くという風に、空想でも、情景が浮び出さえすれば許されたのでした。ある意味に於《お》いて、漢詩の妙《みょう》は、そういうところにあるともいえます。

（前掲「漢詩と形なき憧憬」）

未明は漢詩の妙を「文字で美しい絵を描く」ところに見出しました。絵画性を漢詩の良さとしたのです。未明は、一篇の小説の一場面毎に、絵として浮かび上って来る色や感じを与えたいと願っていました（「空想的な材料を」、『文章倶楽部』、昭和三年十二月）。小説に求めることを、彼は絵画的な漢詩の中に見つけたのです。未明の作品に情景が目に浮かぶような物語が多いのは、漢詩の趣味と深い関係があると思います。

ミレー「二頭の牝牛」
［山梨県立美術館蔵］

レンブラント「道端に三軒の切妻屋根の家のある風景」
［町田市立国際版画美術館蔵］

小川未明の漢詩漢文に対する記述は、彼が優れた読者だったことを示しています。漢詩文を愛好していた自分について「旧思想に囚《とら》われていた」（前掲「漢詩と形なき憧憬」）と述べてもいますが、幼少期から親しんだ漢詩漢文の世界に触れないではいられなかった一面があるのではないかと思います。未明は童心を大切にした人でした。漢詩漢文が幼い自分をときめかせてくれたことを、捨て置くことができなかったのでしょう。

Ⅳ　ダイナマイトの火で吹き飛ばせ

――芥川龍之介（明治二十五年生）

ちちんぷいぷいごよのおたから

芥川龍之介（一八九二―一九二七）の「杜子春《とししゅん》」は、大正九（一九二〇）年七月に『赤い鳥』に掲載されました。88ページは、その時の挿絵です。絵の中の二人は青竹にまたがり、峨眉山《がびざん》を目指して飛んでいます。前に乗る老人は鉄冠子《てっかんし》と言い、青竹を空飛ぶ道具に変えた仙人です。後ろに乗っているのが杜子春です。鉄冠子は、空を飛びながら、高らかに次のように朗誦します。（「杜子春」には訳がないためカッコ内に補いました。）

①　朝《あした》には北海に遊び、暮《くれ》には蒼梧《そうご》（朝には北の海に行き、夕方には南の果てに行く）

②　袖裏《しゅうり》の青蛇《せいじゃ》　胆気粗《たんきそ》なり（袖に青蛇の剣を隠し持ち、「どんとこい」って気分さ）

③　三たび岳陽《がくよう》に入れども、人識《し》らず（三度も岳陽の町に入ったけど、誰も気づかない）

④　朗吟して、飛過《ひか》す洞庭湖（声高らかに吟じて、洞庭湖の上を飛びまわる）

この漢詩には仙人が悠々と飛ぶ得意げな気分を表れています。ただし、『赤い鳥』が児童雑誌だったため、編集部は芥川龍之介に漢詩の削除を求めたのかもしれません。芥川は「杜子春」に次のような但し書きをつけました。

これは杜子春の名はあっても、名高い杜子春伝とは所々、大分《だいぶん》話が違っています。（三）のしまいにある七言絶句《しちごんぜっく》は、呂洞賓《りょどうひん》の詩を用いました。少年少女の読者諸君には「ちちんぷいぷいごよの御宝《おたから》」と思って貰《もら》いたいのです。

（「杜子春」、『赤い鳥』大正九年七月号）

「ちちんぷいぷいごよの御宝《おたから》」という呪文のように思ってもらいたいと、芥川は言いました。けれども、鉄冠子に意味不明な呪文ではなく、意味を持った漢詩を口にさせ、空を飛ぶ仙人の気分をありありと描き出しました。但し書きをつけてでも、漢詩を残しておいたのは、物語の構成上、不可欠と考えたのだと思います。但し書きに「杜子春伝」（唐代の小説。明代の小説にも「杜子春三《み》たび長安に入る」がある。）と違うことを述べていますが、河西信三宛の書簡にも、三分の二以上は創作と書いています（昭和二年二月三日付、『芥川龍之介全集』第二十巻、岩波書店）。呂洞賓の詩は「杜子春伝」に載っていません。芥川が独自に漢詩朗誦の場面を作りました。なお、単行本では、但し書きは削除されています。

漢詩の作者が呂洞賓であることに目を向けると、芥川が「杜子春」で描き出した物語の不思議の世界がさらに広がります。

呂洞賓は八仙の一人です。元代には呂洞賓を主人公とする戯曲が作られました。古来、呂洞賓は庶民の人気を集めてきた仙人なのです。

89ページは刺繍画の呂洞賓です。背中の両端に柄《つか》と鞘《さや》の先がちらっと見えていますから、剣を背負っていることがわかります。剣は呂洞賓の必須アイテムです。彼は、大蛇を退治したことのある霊剣を常に持っています。漢詩の「青蛇」という語を「青蛇の剣」と訳したのもそのためなのです。漢詩では、呂洞賓は袖の中に剣を隠し持っています。青竹にまたがる鉄冠子と、袖に青蛇の剣を忍ばせている呂洞賓は、細い棒状のものを身体に接触させている点でよく似ています。

唐代の「杜子春伝」に出てくる老人は錬丹術で霊薬作りを試みますが、呂洞賓も錬丹術と密接に関わっています。また、占いの一種である「扶鸞《ふらん》」の儀式の時に、呂洞賓が降臨して託宣をすることが多いようです（志賀市子『中国のこっくりさん』、大修館書店・参照）。

「杜子春」が世に出た後、幸田露伴が大正十一年に「仙人呂洞賓」、翌十二年に「扶鸞之

「杜子春」挿絵（『赤い鳥』、大正9年7月）
［日本近代文学館複製版］

清代の刺繍「呂洞賓慶寿図」
（北村哲郎・小笠原小枝監修『中国刺繍』）

術」を執筆しました（『露伴全集』第十六巻、岩波書店・参照）。神降ろしの術や呂洞賓に対する大正期の関心の一端を示しています。

芥川は超常現象や怪異に高い関心を持っていましたから、呂洞賓に対しても興味を抱いたのでしょう。芥川の小説「仙人」（大正五年）に呂祖が登場しますが、呂洞賓を意味します。また、「黄粱夢」（大正六年）には「呂翁」が出てきます。「黄粱夢」は唐代の伝奇小説「枕中記」に材を得た作品で、原典は「呂翁」ですが、呂洞賓を指すと解釈する場合があります（『太平記』巻二十五「黄粱夢の事といえる條」や謡曲「邯鄲」では呂洞賓とする）。

実は、芥川の「杜子春」の細部に、呂洞賓の伝説や戯曲の場面との類似が見られます。芥川龍之介が、呂洞賓の漢詩に託したのは、空を飛ぶ気分だけではなかったと思われます。

第二の愛郷心を尊重しなくてはいけない

刺繍画の呂洞賓は頭巾をかぶっています。彼が読書人であることを示しているそうです。呂洞賓は、ある時、鍾離権《しょうりけん》という仙人に出会い、仙人になる道を選びます。師弟の出会いの場所は廬山《ろざん》だったと言われています（窪徳忠『道教の神々』、講談社学術文庫／二階堂善弘『中国の神さま』、平凡社新書・参照）。

廬山は、江西省北部に位置しています。険しい峰々、その間を流れる渓流、落差のある滝、湖沼、奇妙な形の岩、洞窟などが独特の景観を作り、古来、無数の文人たちが訪れました。廬山を詠じた漢詩から人々がどれほどその地に魅了されたかがわかります。例えば、李白は廬山の滝を「銀河の水が滝の流れに注ぎ込んだようだ」と詠じました（「廬山の瀑布を望む」詩）。平成八（一九九六）年には、世界文化遺産に登録されています。

芥川が、廬山を訪れたのは大正十（一九二一）年でした。『支那游記』（大正十四年刊）の「長江游記」の章には「廬山」という一節があります。現地に住む大元洋行の主人が、廬山について熱弁を奮うのを「私」は冷ややかに聞いています。そして、恋人に対するような主人の愛着心を、「第二の愛郷心」と呼びます。さらに、中国に住む日本人全般について考えを広げていきます。そして、愉快に支那を旅したいのならば、現地に住む日本人たちの「第二の愛郷心」を尊重しなければならないと考えるに到ります。

では、なぜ、廬山で「第二の愛郷心」を話題にしたのでしょうか。結論を言ってしまうと、廬山を訪れたからには「第二の愛郷心」に触れなければならなかったのです。

白居易の廬山詠はいくつかありますが、最も有名なのは、「重ねて題す」詩でしょう（以下、丸囲みの数字は句番号）。『枕草子』に記された中宮定子と清少納言のエピソードによって④句目が特に知られています。定子が「少納言よ、香炉峰の雪いかならん」とおっしゃると、清少納言が格子を上げさせ、御簾《みす》を高く挙げて見せたという逸話です。

白居易は、香炉峰のふもとに庵を建てて、その東側の壁に詩を書きつけました。「重ねて題す」は、その後にさらに続けて書きつけたという意味です

「重題（重ねて題す）」

① 日は高くのぼり、十分寝足りているのに、まだ起きるのはつらい。

② 小さな建物で、ふとんを重ねて寝ているから、寒さをびくびく心配しなくていい。

③ 遺愛寺の鐘の音は、ごろ寝したままで耳を澄ませる。

④ 香炉峰に積もった雪は、簾をちょっと持ち上げて見る。（鐘の音も、雪景色もごろ

寝したまま見聞きするのが、のんびりくつろいでいるってことさ)。

⑤　廬山は世俗から逃れるのに恰好の土地。
⑥　司馬の職は老いを迎えるには最適の役職。
⑦　心もからだも安らかにいられる場所が安住の地、
⑧　故郷は何も長安だけじゃない。

この漢詩の⑦・⑧句に注目していただきたいと思います。この一聯に、白居易は、長安への未練を露呈してしまいました。当時の白居易は左遷され、江州の司馬という閑職に就いていていました。廬山という場所も司馬という職も、心の安らぎと身体の健康を保つのに良いと詠じているのですが、長安に帰りたいという気持ちが底流にあります。彼は、高位高官として活躍することへの執着心を捨てきれずにいたのです。廬山ののんびりした生活を前向きに捉えて詠じていたはずの詩の最後に、「故郷は何も長安だけじゃない」と詠じました。都への未練が頭をもたげたのです。下定雅弘は、「あの娘《こ》ばかりが彼女じゃない」と言うのと同じことだと述べています(『白楽天の愉悦』、勉誠出版・参照)。

白居易「重題（重ねて題す）」

日高《ひたか》く睡《ねむ》り足《た》るも猶《な》お起《お》くるに慵《ものう》し
小閣《しょうかく》に衾《ふすま》を重《かさ》ねて寒《さむ》さを怕《おそ》れず
遺愛寺《いあいじ》の鐘《かね》は枕《まくら》を欹《そばだ》てて聴《き》き
香炉峰《こうろほう》の雪《ゆき》は簾《すだれ》を撥《あ》げて看《み》る
匡廬《きょうろ》は便《すなわ》ち是《こ》れ名《な》を逃《のが》るるの地《ち》
司馬《しば》は仍《な》お老《お》いを送《おく》るの官《かん》たり
心《こころ》は泰《やす》く身《み》も寧《やす》らかなるは是《こ》れ帰《き》する処《ところ》
故郷《こきょう》　何《なん》ぞ独《ひと》り長安《ちょうあん》にのみ在《あ》らんや

日高睡足猶慵起
小閣重衾不怕寒
遺愛寺鐘欹枕聴
香炉峰雪撥簾看
匡廬便是逃名地
司馬仍為送老官
心泰身寧是帰処
故郷何独在長安

松枝茂夫編『中国名詩選』下巻（岩波文庫）。一部改めたところがある。

このように、現代では、言葉の表面的な意味とは別に、詩人の心の底を汲み取ろうとする解釈を試みることがあります。芥川龍之介は、「あらゆる言葉は銭のように必ず両面を具えている」（「侏儒の言葉（遺稿）」）（全集第十六巻）と述べ、言語には表の意味と裏の意味があると述べています。おそらく、芥川は、詩の表面に表れない詩人の心の底を見通したにちがいありません。観察眼の鋭い芥川は、故郷を離れた異国に住む人の心境について考えをめぐらしたのではないでしょうか。白居易が「重ねて題す」詩を詠じた廬山こそ、異郷に住む人の心のうちをあれこれと推察してみるのにふさわしい場所といえるのです。

この詩は、詩題は違いますが、簡野道明校訂『改訂新編漢文教科書』（明治四十年）第五冊にも見えます。これは旧制中学校用の国定教科書で、芥川の旧蔵書の教科書には、裏表紙に「三乙　芥川龍之介」と書いてあります。この詩を教科書で学んだかもしれません。

爆破してしまえ

「長江游記」の「廬山」には李白と白居易の名前だけが出てきますが、廬山を訪れた芥川龍之介は、宋代の詩人蘇軾《そしょく》の「西林《せいりん》の壁《かべ》に題《だい》す」詩も意識していたはずです。蘇軾は廬山を見てまわり、ふもとの西山寺で壁に詩を書きつけました。

「壁西林壁（西林の壁に題す）」

① 横から見れば尾根筋が続き、側面に回ると、ピークがそびえたつのが見える。
② 遠く近く、高く低く、見る位置を変えると、一つも同じ景色がない。
③ 廬山の本当の姿がわからなかったのは、
④ 山の中にいたせいだったんだな。

「見る位置を変えて眺めてみると、山の姿が違って見える。これはどうしたことか」と、詩人はおそらく疑問を持ったにちがいありません。そして、「山の本当の姿がわからなかったのは、山中にいたせいだ」ということを発見します。廬山の景観が単純ではないことが、詩人の思索の中から浮かび上がってきます。李白や白居易にはない独特の語り口で廬山を詠じたところが、蘇軾の真骨頂といえます。「侏儒《しゅじゅ》の言葉」に、芸術は「廬山の峰《みね》々のように、種々の立ち場から鑑賞され得る多面性を具えているのであろう」（全集第十三巻）と述べた一節があります。これも「西林の壁に題す」詩を踏まえての発言といえます。

ここでもう一度、「長江游記」の本文にたちもどってみましょう。「第二の愛郷心」に触れたあと、「一跨《ひとまた》ぎ」だと大元洋行の主人が言ったうねうね道を登っていきます。

私はいつかヘルメットの下に汗の滴るのを感じながら、愈《いよいよ》天下の名山に対する憤慨

蘇軾「壁西林壁（西林の壁に題す）」

横《よこ》に看《み》れば嶺《れい》を成《な》し　側《そく》には峰《ほう》を成《な》す
遠近《えんきん》　高低《こうてい》　一《いつ》も同《おな》じきは無《な》し
盧山《ろざん》の真面目《しんめんぼく》を識《し》らざるは
只《た》だ身《み》の此《こ》の山中《さんちゅう》に在《あ》るに縁《よ》る

横看成嶺側成峰
遠近高低無一同
不識盧山真面目
只縁身在此山中

小川環樹・山本和義選訳『蘇東坡詩選』（岩波文庫）

の念を新《あらた》にし出した。名山、名画、名人、名文——あらゆる「名」の字のついたものは、自我を重んずる我々を、伝統の奴隷にするものである。未来派の画家は大胆にも、古典的名品を破壊せよと云った。古典的作品を破壊する次手《ついで》に、廬山もダイナマイトの火に吹き飛ばすが好い。

（「長江游記・廬山（下）」、全集第十一巻）

名所そのものを粉砕するしかないとは、なんとも過激な発言です。けれども、廬山を詠じた漢詩の伝統を暗示させながら、新生面を切り拓いたといっていいと思います。

日本人は古来、名所に行くと、その場所について記した過去の詩歌や文章を思い出しました。それらの詩文を踏まえて、自分の感慨を付け加え、紀行文に仕立てることが少なくありませんでした。例えば、松尾芭蕉の『奥の細道』もそういう書き方をしたところがあります。芥川龍之介はそういう古典的な紀行文の作法を熟知していたのでしょう。名詩を踏まえた上で、爆破発言をしたのだと思います。

蘇軾以降も多くの文人が廬山を詩に詠じました。廬山の文学の歴史から見ても「長江游記」は注目に値するでしょう。「私」が爆破を思い立った時、新たな廬山が生まれたのです。

読んで利益があると思う

芥川龍之介の「漢文漢詩の面白味」(『文章倶楽部』、大正九年十一月)は、「漢文脈・欧文脈」の見出しの下に田中純「欧文脈から何を学ぶか」と共に掲載されました。これは漢詩について集中的に述べたもので、芥川が漢詩をどう見ていたかがよくわかります。

「漢文漢詩の面白味」が掲載された『文章倶楽部』は、小説家や詩人になりたいと思う十代から二十代前半の若者を主な読者としていました。芥川は、「漢詩は一概に軽蔑しかるべきものじゃない」と書いています。軽蔑していいというものではないということを書き加えたのは、大正時代にはすでに、「漢詩なんて古臭い」などと考え見向きもしない若者がふえていたせいでしょう。芥川がこの文章で話したことは次の二点でした。

(一) 漢詩は、今のわれわれにも役に立つものだということ

(二) どんな漢詩から学ぶことができるか

さらに詳しく言えば、第一点について、過去の日本文学を鑑賞する上で、現在の日本文学を創造する上で、漢詩漢文を読むことに利益があると述べています。それは、日本人が漢字を使い、「支那語流のエクスプレッション（「表現」の意）」が日本語の中に残っているからだと、芥川は言っています。第二点については、「頗る細な神経の働いている作品」、「現在の我々の心もちと可成密接な物が含まれている」漢詩、「鋭い詩眼を感じさせるもの」などは学ぶべき点が多いと言っています。

「早わかり「漢文漢詩の面白味」引用詩句」（101ページ参照）に記したように、多くの例を示して、今を生きる人々が共感できるものが多いと、芥川は言いました。例えば、韓偓《かんあく》の「想い得たり」詩は生田春月《いくたしゅんげつ》（一八九二―一九三〇）の詩のようであり、杜牧《とぼく》の「遺懐《いかい》」詩は吉井勇《よしいいさむ》（一八八六―一九六〇）を思わせると言うのです。生田春月には恋愛の情緒にあふれた感傷的な詩があり、歌人吉井勇は芸妓を詠んだ「祇園の歌」で有名です。

中国の昔の詩に同時代の日本語の詩歌との共通点を見出し、学ぶにふさわしいものではないかと、芥川は訴えました。今を生きる私たちが独自に価値を認めて、作品を選び、そ

早わかり「漢文漢詩の面白味」引用詩句

	詩人名	時代	詩題
1	高青邱（高啓）	明	「林下」
2	韓偓	唐	「想い得たり」
3	韓偓	唐	「手を詠ず」二首
4	孫子瀟（孫原湘）	清	「雑憶　内に寄す」六首其二
5	趙甌北（趙翼）	清	「編詩」
6	杜牧	唐	「遺懐」
7	杜甫	唐	「秋野」五首其一
8	僧無己（陳師道）	宋（詩は唐代）	「冬夕、清龍寺源公に寄す」（唐代の僧侶無可の詩）
9	雍陶	唐	「劉補闕の秋園行寓興に和す」六首其四
草稿	孫子瀟（孫原湘）	清	「聴雨詞」二首其二

こから何かを得ればよいということなのです。名作とされているものを読み継ぐこと以上に、柔らかな感性で漢詩に接する大切さを、芥川は暗に訴えているように思います。

伝統のドレイになんかなりたくない

芥川龍之介は「漢文漢詩の面白味」で漢詩も役に立つよと訴え、その漢詩の益を彼自身が享受していました。彼は、漢詩を消化し尽くし、その内容や表現を日本語の文章の中で自由自在に操ることもできました。本書では紹介できませんが、芥川は漢詩も詠じています。彼は漢詩を自家薬籠中《じかやくろうちゅう》の物としていたのです。

芥川龍之介が活躍した大正時代、〈支那趣味〉の愛好が流行しました。芥川は、谷崎潤一郎や佐藤春夫とともに〈支那趣味〉の文学者と呼ばれます。

〈支那趣味〉は意味の振幅が大きい言葉です。西洋の文化が日本に普及したことで、かえって中国の文物や風俗が放つ独特の雰囲気を新鮮にも好ましくも感じ、中国のものや中国風のものを生活や文芸の中に積極的に取り入れる人々が出てきました。そういう人々が、〈支那趣味〉の愛好者と見なされたのだと思います。

芥川龍之介は、中華料理を好みましたし、漢籍や書画も好きでした。しかし、彼の文学作品に示された〈支那趣味〉は、谷崎や佐藤のそれとは、一線を画していたと思います。

大正期の文学者たちは、中国の古典詩文や近代以前の文物に多く接する中で、中国についてイメージをふくらませていきました。イメージの中の中国は、エキゾチズムやロマンティシズムの要素をたっぷりと含んだものでしたが、詩文や文物の内奥《ないおう》に潜《ひそ》む、中国人の精神性を探究しようという意識は、あまり強くはないように思います。また、想像の中国は、現実の中国とは異なっていました。

一方、芥川龍之介は、中国の文物や風俗の先にあるものに対して、透徹したまなざしを向けていました。現実の中国人たちがどのように生き、どのように考えているのかにも関心を寄せていましたし、また、中国の古典とはどのようなものか深く学んでいました。〈支那趣味〉の人々が求めたのは、日本人の好みに合うようにデフォルメされた中華世界です。芥川の目に映っていた中国の現実と古典の世界は、一般的に言われる〈支那趣味〉の範疇をこえるものだったため、〈支那趣味〉に陶酔した文学作品を創作することができなかったし、また、そうしたくはなかったのだと考えられます。

よく知られているように、芥川龍之介は、『奇遇』、『羅生門』など中国や日本の古典に材をとった作品を数多く作った作家です。古典に学び、その文芸の伝統を体得しようとした芥川ですが、一方で、「伝統の奴隷になりたくない」という思いも抱いていたと思います。「長江游記」の「廬山」の節で、爆破発言をしたのはその表れでしょう。暗示に留められた漢詩とダイナマイトでの爆破の対比によって象徴的に描いたのです。爆破したいものの中に、当然、漢詩も含まれているでしょう。

芥川の漢詩の読みは、詩に現代的な価値を見出そうとするものでした。『杜子春』では、鉄冠子に呂洞賓の詩を高らかにうたわせることによって、鉄冠子の仙人としてのキャラクターに魅力を増すことに成功しました。白居易や蘇軾などが作り出した詩境を踏み台として、廬山を描く新たな紀行文を作り出しました。芥川龍之介の全集をひもとくと、他にも、芥川が消化し尽くした漢詩の痕跡を見つけることができます。

伝統と近代の交差するところに立って創作活動をしていた芥川龍之介は、今も古びない日本語の文学を残しました。芥川の作品は多くの国語教科書で採用されています。彼の作品の背後に漢詩の世界も広がっているということに、気を留めていただければと思います。

Ⅴ　眠狂四郎、吟じます

——柴田錬三郎（大正六年生）

愛する女にプレゼントする

昭和三十年代、時代小説の世界で、異彩を放ったキャラクターといえば、眠狂四郎でしょう。かつてない新しいタイプの剣士として、多くの読者に迎えられました。

狂四郎が縦横無尽に暴れまわる『眠狂四郎無頼控』は、柴田錬三郎（一九一七―一九七八）の代表作とされます。シリーズ化され、続編がいくつも作られました。近年、コミック版も出版されました。また、続編の一つ『眠狂四郎孤剣五十三次』は、台北で、中国語版が刊行されています。（『眠狂四郎無頼控』からの引用・言及には新潮文庫版全六巻を使用します。以下『無頼控』と略します。）

狂四郎は風貌や出生の秘密など、時代劇のキャラクターとして型破りな点が少なくありません。彼の特異さは、漢詩を作り、漢詩を吟じるところにも表れています。

「暴風雨」（『無頼控』第二巻）という章では、狂四郎が自分で漢詩を作ります。政吉という水主《かこ》（水夫）が、美保代のもとに、狂四郎からの封書を持参します。美保代が封を開けると、手紙ではなく、漢詩が書かれていました（『無頼控』には訳がないため、カッコ内に補いました）。

「狂四郎月下吟」

① 狂夫明月の下（オレのような常識はずれの男は、明月のもとで）

② 沈酔歓を成さず（泥酔しても、楽しくない）

③ 猛気何に依ってか散ぜん（荒ぶる気持ちを何によって紛らわせばよいのか）

④ 剣鳴って孤影寒し（剣は音を立てるが、孤独な影は寒々としている）

「暴風雨」は『無頼控』の中でも異色の章かもしれません。眠狂四郎が戦う相手は、大時化《しけ》であり、疫病です。彼は海賊船に乗り込みます。船は大時化に遭いますが、狂四郎が艫《とも》柱《ばしら》を叩き斬り、難をしのぎます。その後、伝染病によって、水夫たちが一人また一人と死んでいきます。時化との格闘に、狂四郎の助力を得て勝利する水夫たちですが、病気には敗北します。剣も、病気には刃が立ちません。多くの命が無慈悲に奪われた後、狂四郎の心に詩情が生まれたのです。③句には、狂四郎の良心の呵責《かしゃく》が感じられます。猛《たけ》る気持ちとはうらはらに、伝染病には無力のまま生き残ってしまったからです。狂四郎は、出

可視化され続ける眠狂四郎（主なもの）

挿絵（画家）
鴨下晁湖／佐多芳郎／三井永一／鈴木正／東《あずま》啓三郎

映画（俳優）
鶴田浩二（昭和三十一～三十三年、全3作）
市川雷蔵（昭和三十八～四十四年、全12作）
松方弘樹（昭和四十四年、全2作）

テレビ・連続ドラマ（俳優）
江見渉［後、俊太郎に改名］（昭和三十二年／三十六年）
平幹二郎（昭和四十二年）
田村正和（昭和四十七～四十八年）
片岡孝夫［現、仁左衛門］（昭和五十七～五十八年）

テレビ・時代劇スペシャル（俳優）
田村正和（平成元年／平成五年／平成八年／平成十年）

舞台（キャスト）
市川雷蔵（昭和四十一年、大阪新歌舞伎座）
田村正和（昭和四十八年、明治座）
林与一（昭和五十一年、明治座）
杉良太郎（平成七年、大阪新歌舞伎座／同年、名古屋御園座）
舟木一夫（平成十二年、京都南座／平成十三年、名古屋中日劇場）

劇画（漫画家）
柳川喜弘（『眠狂四郎』全十巻、平成十三～十五年、新潮社刊）

生の秘密を知り、女と共に海に身を投げ自殺を図りますが、自分だけ生き残ったという経歴の持ち主です。彼は、泥酔しても愉快な気持ちになれず、おのれの影をじっと見つめます。

「狂四郎月下吟」は、荒ぶる気持ちを自虐的に見つめた詩です。漢詩を作ることで、狂四郎は客観的に自己を見つめ、冷静さを保つことができているのです。また、その詩は美保代に渡った後、「猛気」に別の意味が付加されます。狂四郎の狂おしい恋情です。そして、詩の意味が転じることで、もともと狂四郎が持っていた荒ぶる心は思慕の情に昇華され、狂四郎は真の慰めを得るのでしょう。漢詩が物語の中で巧みに使われています。

なお、「二人狂四郎」（『無頼控』第三巻）ではまだ詩箋（詩を書いた紙）のままですが、「尼寺暮色」（『無頼控』第三巻）では掛軸に仕立てられています。美保代が狂四郎を思い、狂四郎が美保代を思いながら見るものとなります。二人の恋を象徴するものとなったのです。

非情な男は、非情を貫け

狂四郎は「謎の春雪」（『無頼控』第五巻）の章で、「虞美人草《ぐびじんそう》」詩を吟じます。北宋の曾《そう》鞏《きょう》（一〇一九—一〇八三）の作とされますが、女性の作という説もあります。虞美人草とはヒナゲシの花のことで、虞美人の墓に生えた花がヒナゲシだったとの伝説に基づきます。全体像は次ページの「早わかり「虞美人草」詩各場面」の表を御覧ください。ここでは第二場面（⑤～⑧）を見てみましょう。（第二節・第三節での「虞美人草」詩の訓読は『古文真宝（前集）』上巻〈新釈漢文大系9〉、明治書院からの引用ですが、一部改めました。）

⑤　猛々しく強いだけの者は必ず死に、仁義をわきまえた者は王となる。

⑥　陰陵で道に迷ったのは天が項羽《こうう》を滅ぼしたのではなく、項羽自《みずか》ら滅亡を招いたのだ。

⑦　英雄である項羽がもともと学んでいたのは万人を相手に戦うための兵法であるから、

⑧　化粧の映える美女虞美人とどうしてこせこせと別れを惜しむ必要があろうか。

早わかり「虞美人草」詩各場面

場面	句番号	簡単ダイジェスト
1	①〜④	項羽が項門の会で示した愚かさ、残酷に殺戮を行うさま、それらが滅亡に結びついたこと。
2	⑤〜⑧	陰陵から垓下へ追い詰められ、滅亡に向かう項羽と、それを当然視する詩人の感慨。
3	⑨〜⑫	虞美人の死と、死後、野の草に生まれ変わったこと。
4	⑬〜⑯	眼前に咲く虞美人草を詠じる。虞美人のようであるが、花はやはり花であるということ。
5	⑰〜⑳	時が流れ、昔の戦場も今ではただの丘墓。栄枯盛衰に対する詩人の慨嘆。

第二場面は、陰陵から垓下へ追い詰められる項羽について詠じています。剛強な項羽は死に、仁義をそなえた劉邦は王となります。陰陵の地で、項羽は逃げ場を失います。項羽は「天が自分を滅ぼすのだ」と言って死んだけれども、項羽自身の非道さのせいだと、詩人は考えました。

項羽は一人を相手に戦う術ではなく、万人を敵とする戦法を学んだのだから、未練がましく虞美人との別れを悲しむまでもないと、詩人は言います。万人を敵と思う非情な男は一人の愛する女にも非情を貫け、と言いたいのです。

狂四郎が自ら悪逆非道な項羽に比し、美保代を薄倖の虞美人になぞらえていると考えると、狂四郎が「虞美人草」詩を詠じる必然性が明らかになると思います。「謎の春雪」の章では①から⑧句が省かれています。この八句は虞美人に言及しないため、引用するまでもないと柴田錬三郎は判断したのでしょう。

小説では、「虞美人草」を詠じた狂四郎は、美保代を思いながら、痴れ酒をくらっている自分を自嘲するのです。

美人の流した血はヒナゲシとなった

「謎の春雪」の章では、新吉という男が居酒屋に入り、項羽とその寵姫《ちょうき》虞美人について、店の常連客と語り合います。狂四郎はそれを聞きながら、「虞美人草」詩を想起します。

江戸時代、項羽の物語は庶民の間でも知られていました。例えば、近松門左衛門の『国《こく》性爺合戦《せんやかっせん》』第三（「甘輝館《かんきやかた》の段」と呼ばれる場面）には、

樊噲《はんかい》項羽が骨髄《こつずい》を借《か》って一戦に追って追いまくり

（『近松浄瑠璃集』下巻〈日本古典文学大系50〉、岩波書店）

と、甘輝《かんき》が語る場面があります。また、川柳にも

ぐしぐしと泣くので項羽離《はな》れかね　（『柳多留』十二篇・二十六、岩波文庫版第二冊）

と詠まれました。樊噲《はんかい》は、項羽の敵劉邦《りゅうほう》に仕える武将です。「ぐしぐしと泣く」のは虞氏《ぐし》（虞美人）だからです。江戸時代の人々は、このように項羽の物語に親しんでいたのです。

新吉と酔客との会話に、項羽の「垓下《がいか》の歌《うた》」が出てきます。別れを悲しむまでもないと、項羽を厳しく批判した「虞美人草」詩の⑧句も、「垓下の歌」を踏まえています。項羽は、愛する虞美人を常に自分の軍中に置いていました。劉邦の兵士たちに包囲された時、その敵陣から楚の歌が聞こえてきました。故郷の楚の国の人々が、劉邦の軍隊に降伏したと思い、項羽は自分の敗北を悟ります。有名な「四面楚歌」の場面です。「垓下の歌」には、

虞《ぐ》や虞《ぐ》や　若《なんじ》を奈何《いかん》せん（虞よ、虞よ、おまえをどうしたらいいのか。）

と詠じられています。伝説では、詩を聞いた虞美人は項羽の滅亡が近いことを理解し、足手まといにならないように自ら命を絶ったことになっています。「虞美人草」詩の第三場

面（⑨～⑫句）には死んで虞美人草に生まれ変わる様子が詠じられています。⑪・⑫句は、詩人のサディスティックな性向を感じさせますが、光と色の美しい詩句です。

⑪　香魂夜剣光《こうこんよるけんこう》を逐《お》うて飛び（美人の香高い魂は剣の光と共にどこかへ飛び去り）

⑫　青血化《せいけつ》して原上の草《くさ》と為《な》る（流れ出た鮮血は形を変え、平原の虞美人草となった）

第四場面（⑬～⑯句）は、一転して、眼前の虞美人草についての描写です。

⑬　芳《かんば》しい花の心はさみしそうで、葉のない枝に寄りかかっている。

⑭　昔を歌う曲を聞き、眼前の虞美人草はつらそうに眉をひそめるかのようだ。

⑮　哀しみ、うらみ、風に揺れてさまようかのようであり、花は何も語らない。

⑯　まるで初めて楚の歌を聞くかのように揺れている。

詩人の目には、虞美人草が眉をひそめる虞美人のように見えますが、前世を忘れ去ったかのように無邪気にも見えています。虞美人草を通して虞美人のつらさや愁いを想像していた詩人が、風に揺れる虞美人草そのものが持つはかなさを見出していくのです。

「謎の春雪」の章には、「虞美人草」詩⑨～⑭句と⑰・⑱句が使われました。柴田錬三郎

「項羽垓下の訣別」（『東洋歴史物語』、アルス、昭和4年）

曾鞏「虞美人草」（抄）（数字は句番号）

⑤剛強なるは必ず死し仁義なるは王たり
⑥陰陵《いんりょう》に道を失《うしな》うは天の亡《ほろ》ぼすに非《あら》ず
⑦英雄本《も》と学ぶ万人の敵を
⑧何《なん》ぞ用《もち》いん屑屑《せつせつ》として紅粧を悲しむを

⋯⋯⋯⋯⋯⋯

⑬芳心寂莫《ほうしんせきばく》として寒枝《かんし》に寄せ
⑭旧曲《きゅうきょく》聞《き》き来《きた》って眉を斂《おさ》むるに似たり
⑮哀怨徘徊《あいえんはいかい》して愁《うれ》いて語らず
⑯恰《あたか》も初めて楚歌《そか》を聴く時の如《ごと》し

剛強必死仁義王
陰陵失道非天亡
英雄本学万人敵
何用屑屑悲紅粧

⋯⋯⋯⋯⋯⋯

芳心寂莫寄寒枝
旧曲聞来似斂眉
哀怨徘徊愁不語
恰如初聴楚歌時

『古文真宝（前集）』上巻〈新釈漢文大系9〉（明治書院）

は、女性のはかなさ、時の推移の無情さだけを伝えようとしたのです。けれども、この章に登場する女性は、運命に立ち向かいます。「ぐにゃぐにゃ汝を奈何《いかん》せん」と言っていた新吉ですが、彼女を助けて新天地に旅立ちました。

「虞美人草」詩は「空白」の中にある

柴田錬三郎は、「わが生涯の中の空白」（『中央公論』、昭和五十年五月特大号）で、「虞美人草」を朗誦した、若かった自分の体験を語っています。

昭和十九（一九四四）年初夏、輸送船が魚雷を受けて沈没し、衛生兵だった柴田はバシー海峡に放り出されました。柴田のそばにいた少年兵が、体力が尽き、どこかへ流されてしまった時、「不意に堪えがたい疼《うず》きが胸に起《おこ》り、空を仰いで、ぶつぶつと」、「虞美人草」詩を詠じました。しかし、詩の朗誦よりも鮮明に記憶に残ったのは、小便の温かさでした。水中で放った小便が胸の方まであがって来て、冷えた柴田のからだを包んでくれたのです。

少年兵の流される姿を契機に口ずさんだ「虞美人草」詩は、気持ちよさを感じる小便の温かさと、表裏一体となっています。死を憤ってみても、生理現象によって自らの生命の存在感を確かめたことは、極限における生への執着を、非情なまでに物語っています。

柴田はバシー海峡での体験を「空白」と呼びました。「ただ、茫然と海上に浮いていた」の一言で足りるような、何も考えず、何も思わない状態だったと、言っています。彼は自分の気持ちを「虞美人草」詩にあずけて、心の消耗を避けようとしたのかもしれません。

それにしても、どうして「虞美人草」詩だったのでしょうか。

「虞美人草」詩を想起したのは、直接的には、少年兵に、項羽の運命にからめとられた虞美人のかげを見出したのでしょう。「虞美人草」詩の⑤・⑥句では仁義を持たない剛強な項羽の死は天命ではなく、自らが招いたことなのだと詠じられていましたから、項羽に大日本帝国を、虞美人に無数の兵士の死を見出したと言ってもいいかもしれません。また、文章を書く今の自分を「虞美人草」詩の作者に比し、心を無にして漂い続けた若い自分を、楚歌を初めて聞くかのように見える虞美人草になぞらえたとも考えられます。おそらく柴田が詩に託した気持ちは重層的なもので、一つに決めることは彼の意思に反するでしょう。

　彼の青春が戦争の時代と重なっていたこと、彼が兵士だったことに捉われすぎると、柴田錬三郎の洗練された語りを見失う恐れがあります。

　眠狂四郎の虚無は、バシー海峡で数時間、泳いだ時の無心状態でいたおかげで生きのこることができたためかも知れない、ともっともらしい返辞をしているが、こじつけにすぎない。

（前掲「わが生涯の中の空白」）

と、柴田は言い切っています。『無頼控』の「虞美人草」詩の引用には物語の中での意味があり、一部省略されて引用されています。次の⑲・⑳句も引用されませんでした。

⑲　当年の遺事《いじ》久《ひさ》しく空《くう》と成《な》る（当時の出来事は長い歳月の間に空虚なものとなった。）

⑳　樽前《そんぜん》に慷慨《こうがい》して誰《た》が為《ため》にか舞わん（酒樽を前に悲しみで心を高ぶらせて、私は誰のために舞うのだろうか。そして虞美人草は誰のために風に舞うのだろうか。）

　詩人が遠い過去を慨嘆する詩句は不要であると判断して、柴田は引用しなかったのでしょう。引用してしまうと、作家自身が物語の中に顔を出すことになりかねないからです。一方、「わが生涯の中の空白」では、「虞美人草」詩全篇が引用されています。自分の体験を語る上でこの詩の引用は避けられないものだったのです。二つの引用はそれぞれ用意周到に考えられたものと思います。

「わが生涯の中の空白」を読んでみたいとお思いの方には、「青春」をテーマにした椎名誠編『日本の名随筆』別巻四十（作品社）をお薦めします。これは、二十九人のエッセイを一人一編ずつ収めた本で、柴田の文章も採録されました。体験したことも、語り方も、各人各様ですが、彼らが青春を過ごした時代や社会の差を、うかがい見ることができます。

組打ちをやるべきだ

『無頼控』を初めとする「眠狂四郎」シリーズ以外に、柴田錬三郎はおびただしい数の時代小説を執筆しました。『赤い影法師』（初版は昭和三十五年、文藝春秋社刊）は傑作の一つとされ、池波正太郎は、「「眠狂四郎」より「赤い影法師」などの方が大好きですが……」と言っています（『毎日新聞』昭和五十三年六月三十日、夕刊）。

『赤い影法師』は、御前試合の陰で暗躍する忍者を主人公に据えた物語です。試合に臨む武芸者たちのドラマに、不敵な忍者が絡むことで、更なるドラマが加わります。奇想天外な場面も散りばめられ、池波正太郎が書名を挙げるのも納得できる快作です。

柴田錬三郎の時代小説には数多くの剣豪が登場します。彼が新境地を開いたのは、剣豪小説という分野でした。それらの作品を書くずっと以前に、彼は次のように述べています。

作家が漢文と組打ちをやるべきだ

（「漢文の価値」、『三田文学』復活第九号、昭和二十二年二月）

物語の中で剣の使い手たちに組打ちさせるより以前に、漢文との組打ちを考えていたというのは、作家柴田錬三郎のもう一つの物語として興味深いと思います。

昭和二十一（一九四六）年、「当用漢字表」の内閣告示が発表されました（昭和五十六年に選定された「常用漢字」は、原則的には「当用漢字」を踏襲しましたが、日常で漢字を使う際の「目安」とした点で、「当用漢字」とは異なります）。漢字の使用制限を推進するものだったため、批判の声もあがりました。柴田錬三郎も、当時、批判した一人でした。

（漢字を）充分の量をとどめて置くことは作家各自が自己に必要な文字を掴《つか》みとって

置くということであって、漢字制限などということは、すくなくとも日本文学にあっては不可能だ笑止だということなのだ。（前掲「漢文の価値」）

柴田はこのように述べて、漢字制限に反旗を翻しました。日常で使う数以上の、余剰な漢字を蓄えておくべきだと考えたのです。また、漢字を蓄えるために、柴田は「過去につくられたあらゆる漢文に対して必死の挑戦をしなければならない」と訴えました。そして、さきほどの「作家が漢文と組打ちをやるべきだ」という言葉を記したのです。

つまり、漢文との組打ちは、漢字を余剰分まで蓄えておくために必要だったということなのです。柴田は漢詩や漢詩句を引用していますから、彼の言う「漢文」に漢詩を含めていいでしょう。

昭和五十（一九七五）年、五十八歳になった柴田錬三郎は、漢字を知らない作家が多すぎると、痛烈な批判を浴びせました。

おそらく、昭和生れの作家たちは、英語や仏語は、すらすらと読めるのだろう。しかし、かれらは、小説を、日本語で書いているのである。その肝心の日本語の文章に使う漢字を知らぬ者が多すぎるのである。

（「知らないことは知らない」、『中央公論』、昭和五十年二月号）

柴田錬三郎は、漢字をもっと知った上で日本語の文章を書けと言いたいのでしょう。彼は、漢詩文の価値や漢字の重要性を強く意識していたのです。昭和四十七（一九七二）年、日中国交正常化を実現した総理大臣が北京で披露した漢詩について、柴田はその稚拙さを一刀両断に斬り捨てました。一方、昭和の漢詩人阿藤伯海《あとうはくみ》（一八九四—一九六五）を「感嘆にあたいする漢詩をつくった」と高く評価しました（前掲「知らないことは知らない」）。

柴田錬三郎は慶応大学で中国文学を学び、漢詩文に対する造詣が深く、作品にもその影響が強く見られます。中国物の小説も書きました。しかし、柴田にとって、漢詩文は、作品の素材として不可欠な存在だったというだけではありません。漢詩文は「組打ち」の相手であり、「必死の挑戦」を試みる価値のある対象でした。

柴田は、漢詩文を読み込むことを通して、日本語の中で漢字を操る奥義を極めようとしたのではないか、などと思ったりします。彼の書いた物語の剣士たちが、それぞれの時代や社会の制約の中で、命がけの戦いに挑み、剣の技を磨くことに執念を燃やしたように。

おわりに

「みすみすまたすぐ、ですよ」

「何これ？」と思いました。うんと若い頃（それって何時頃なん？）、いただいた年賀状の端っこに記されていたのです。フレーズは口ずさむうちに、すぐ覚えてしまいました。

このように、意味がよくわからないフレーズなのに、印象に残ることがあります。「ちちんぷいぷいごよの御宝《おたから》」のような呪文と同じく、漢詩の訓読も口と耳を喜ばせてくれます。でも、幼い子どもならばともかく、そのために漢詩を読もうとは思わないでしょう。

本書でお話してきたように、少し昔の日本人は、漢詩をたっぷり栄養分にして、日本語を豊かにし、磨いていました。彼らが漢詩を消化・吸収していったプロセスは、日本語の言葉の世界の中で、何か新しい表現を生み出そうとする時、ヒントを与えてくれるでしょう。漢詩を読み、さらにその影響を受けた日本語の作品を読む価値がそこにあるのです。

「みすみすまたすぐ」は、杜甫の「絶句」二首其二の転句「今春《こんしゅん》看《み》すみす又《ま》た過《す》ぐ」の一節です。「今年の春も見る見るうちにまた過ぎてしまう」という意味です。

詩句の意味することがわかった時、私はようやく、お年賀をくださった方の気持ちを、しっかりと受けとめたように感じられたのでした。

＊　＊　＊　＊

本書では、七人の文学者を取り上げて、漢詩との関係をお話しました。きっかけは、「「漢文漢詩の面白味」の漢詩の益とは？」（『芥川龍之介全集』第二十三巻第二次月報）を書かせていただいたことでした。第四章は、これをもとに、加筆・修正を重ねたものです。

お名前を挙げませんが、執筆に当たり、勇気を与え、応援してくださった方々が多々おられます。また、参考文献の多くは省略させていただきましたが、数々の書籍やホームページなどから、たくさんのことを学びました。そもそも、新書編集部にご紹介くださったのは、堤和博氏でした。編集部の皆さまをはじめ新典社の方々に大変お世話になりました。

ありがとうございました。

そして、最後まで読んでくださった皆様、本当にありがとうございました。

森岡 ゆかり（もりおか ゆかり）

1962年大阪市生まれ。大阪女子大学（現大阪府立大学）卒業。奈良女子大学大学院文学研究科修了。奈良女子大学人間文化研究科（博士課程）比較文化学専攻単位取得満期退学。博士（文学）。

かつて蘇州大学（蘇州市）で1年間、中国文化大学（台北市）で2年間日本語を教授。現在、京都女子大学・近畿大学・京都光華女子大学非常勤講師。

漢文学、比較文化学専攻。

著書・訳書：『日本漢学研究初探』（共訳，勉誠出版）、『中国女性史入門』（共著，人文書院）、『近代漢詩のアジアとの邂逅』（勉誠出版）、論文「明治の白居易受容」（『白居易研究年報』第9号，勉誠出版）など。

新典社新書 34
文豪だって漢詩をよんだ

2009 年 4 月 7 日　初版発行

著者――森岡ゆかり
発行者――岡元学実
発行所――株式会社 新典社
〒101-0051　東京都千代田区神田神保町1-44-11
営業部：03-3233-8051　編集部：03-3233-8052
ＦＡＸ：03-3233-8053　振　替：00170-0-26932
http://www.shintensha.co.jp/　E-Mail:info@shintensha.co.jp

印刷所――恵友印刷 株式会社
製本所――有限会社 松村製本所

ISBN 978-4-7879-6134-1　C0295

定価はカバーに表示してあります。

乱丁・落丁本は、お取り替えいたします。小社営業部宛に着払でお送りください。